夏月流銀

まさおかしき

正岡子規 ──【著】

陳黎、張芬齡 ──【譯】

目錄

005 譯序：小庭天地寬，六尺病床巨墨滴
　　——文學「小巨人」正岡子規

059 正岡子規俳句選（500首）

333 陳黎、張芬齡中譯和歌俳句書目

譯序

小庭天地寬，六尺病床巨墨滴
―― 文學「小巨人」正岡子規

陳黎、張芬齡

一、「俳句」命名者正岡子規

「俳句」可說是日本 5-7-5-7-7、三十一音節「短歌」（tanka）前面十七音節（5-7-5）獨立出的詩型，又因它是「連歌」（renga）或「俳諧連歌」（haikai renga）的首句，所以稱之為「發句」（hokku）。江戶時代，「俳聖」芭蕉（1644-1694）將之提升為具有豐厚洞察力與精神內涵、可以從俳諧連歌（江戶時代稱「連句」〔rengu〕）抽離出的自身具足的藝術形式。此一時期每以「俳諧」（haikai）泛指發句、連句或俳文（haibun）等創作。到了明治二十年代（1890 年代），正岡子規（1867-1902）以「俳諧之句」（俳諧の句：haikai no ku）的簡稱「俳句」（haiku）命名獨立出來的「發句」，俳句就成為世人所知、所愛――不獨屬於日本，也屬於全世界――的文學類型了。正岡子規在 1894 年 3 月 9 日發表於報刊《小日本》上的一篇文章《雛之俳句》（雛の俳句）中，用「俳句」一詞指稱我們現在所理解的單一詩人所寫、非附屬於「連句」的此獨立詩型。單就為「俳句」定名且流播世界一事，正岡子規就足以在日本或世界詩歌史上佔有一席之地。

一生只活了三十四年又十一個月的正岡子規，是明治時代的文學巨人，俳句、短歌、新體詩、漢詩、小說、評論、隨筆兼擅。正岡子規是日本近代俳句與短歌的重要改革者，對日本現代詩歌的進展有巨大的貢獻。他的俳句、短歌一反傳統寫法，認為詩人應該因應時代所需，以簡潔、當代的語言如實反映事物，讓傳統形式獲得新生命。以短歌為例，大量創作俳句之餘，他一生寫了逾二千四百首短歌，推崇真摯質樸的《萬葉集》，貶抑優雅柔和的《古今和歌集》，提倡基於萬葉風的「寫生」主義。在子規 1898 年發表《與歌人書》（歌よみに與ふる書）系列歌論，以此論點著手短歌革新運動前，他已在所推動的俳句革新運動中，寫了《俳諧大要》、《俳人蕪村》等俳論，彰顯與謝蕪村（1716-1787）的「繪畫式俳句」，確立了子規自己參考西洋美術寫生理論而成的「俳句寫生主義」。子規一生所寫俳句數量，或說一萬八千多首，或說二萬三千多首（講談社版《子規全集》，1975-1978）。搜尋子規家鄉松山市立「子規紀念博物館」中的子規俳句檢索庫，我們可以找到二萬五千多首子規的俳句——裡頭有些俳句只有一兩字之差，可視為同首俳句的異體。日本詩歌史上，像正岡子規這樣跨俳句、短歌兩大日本傳統詩歌類型，左右開弓、品質均豐的巨匠，是絕無僅有的。江戶時代（1603-1867）的松尾芭蕉、與謝蕪村、小林一茶（1763-1827）是舉世公認最偉大的三位日本俳句詩人。「三聖」之後，排名第四的，就是明治時代（1868-1912）的正岡子規了。

●

正岡子規本名正岡常規，慶應3年（1867）9月17日生於今愛媛縣松山市花園町，幼名處之助（ところのすけ）、升（のぼる），是家中長男。父親正岡常尚，於子規六歲時過世。母親八重（本姓大原）小父親十二歲。子規七歲時在外祖父漢學家大原觀山的私塾修習漢文，並進入寺子屋（私學館）式的小學「末廣學校」。明治8年（1875）1月轉入新開辦的勝山學校，4月外祖父去世，改隨土屋久明習漢學。明治11年（1878）夏，土屋久明導引十二歲的子規入漢詩之門，子規有一首絕句〈聞子規〉（「一聲孤月下，啼血不堪聞，半夜空敧枕，故鄉萬里雲」）即寫於此際，是目前所見其最早的漢詩。翌年12月自勝山學校畢業，於明治13年（1880）3月入松山中學校，得到漢學家河東安靜溪（子規後來的弟子河東碧梧桐之父）的指導。此階段的子規持續寫詩、為文，並與同好集稿成冊傳覽交流，受自由民權運動演說影響，逐漸關心政治，期盼能去東京遊學。明治16年（1883）5月，子規從松山中學校退學。6月，獲在東京的叔父加藤拓川同意，啟程前往東京，先入須田學舍，10月時入共立學校（現開成中學校・高等學校）。不甘當池中魚，離開松山游向大都會、大時代的子規，當時有一漢詩頗能明其志：「松山中學只虛名，地少良師從孰聽，言道何須講章句，染人不敢若丹青。喚牛呼馬世應毀，今是昨非吾獨醒，忽悟天真存萬象，起披蛛網救蜻蜓。」

明治17年（1884）9月，18歲的正岡子規考上「東京大學預備門」，同級生包括日後著名的作家夏目漱石（1867-1916）、國學家芳賀矢一（1867-1927）等。1885年7月，子

規暑假回松山探親，經小他一歲的秋山真之（後為海軍中將）介紹，隨歌人井手真棹習短歌，也開始俳句的創作。1886年，東京大學預備門改稱「第一高等中學校」，此後兩三年子規頗熱衷於棒球運動。1887年暑假子規回松山，拜訪俳人大原其戎（1812-1889）請其指點自己所作俳句，8月大原其戎在其所編俳誌《真砂志良邊》上刊出子規作品「**穿過野地／蟲鳴聲，我踏出／一條小路**」（虫の音を踏み分け行くや野の小道），這是子規第一首鉛印發表的俳句。1888年7月子規從第一高等中學校預科畢業，暑假期間寄宿於向島長命寺境內的櫻餅屋「山本屋」（子規名之為「月香樓」），寫作以秋之七草為名，包含「蘭之卷」（漢文）、「萩之卷」（漢詩）、「女郎花之卷」（短歌）、「芒之卷」（俳句）、「蕣之卷」（謠曲）、「葛之卷」（地誌）、「瞿麥之卷」（小說）等七卷作品的《七草集》。8月，與友人們出遊鎌倉江之島，途中初次咯血。9月入第一高等中學校本科，從月香樓搬進常盤會寄宿舍。1889年1月，因為對單口相聲「落語」同感興趣，23歲的子規與夏目漱石開始交往，由此締結了兩人間終生的友情。2月，子規讀到叔父加藤拓川之友陸羯南（1857-1907）新創辦的報紙《日本》。5月9日晚，子規突然咳血，持續一周，當晚他寫了四、五十首以「時鳥」（即布穀鳥、杜鵑鳥或子規）為題的俳句，並以「杜鵑啼血」之典取「子規」為號。12月，與朋友們成立了「棒球會」，在上野公園的空地打了兩次棒球。

明治23年（1890）4月，24歲的子規為河東碧梧桐（1873-1937）修改俳句，開始與其書信往來，並勸其到東京

來。7月,子規從第一高等中學校本科畢業,9月入東京大學哲學系就讀。翌年(1891)2月,子規轉入國文系,3月底到4月初出遊房總半島,寫成遊記《隱蓑》(かくれみの)。5月時通過碧梧桐認識其同學高濱虛子(1874-1959),開始和其通信——碧梧桐與虛子後來成為子規門下雙璧,也是其一生摯友。6月,子規回松山省親。12月,從常盤會搬到駒込追分町住,著手寫作小說《月之都》,想要成為小說家。1892年2月,子規帶著《月之都》完稿拜訪小說家幸田露伴(1867-1947)請其指教,但未獲好評,從此斷了寫小說之念。月底,經陸羯南介紹,子規搬至下谷區上根岸町88號租住,在羯南家西側。5月,紀行文《浮橋記》(かけはしの記)在羯南的報紙《日本》上連載。6月26日,子規在《日本》上開始連載《獺祭書屋俳話》(共38回,至10月20日),致力於俳句革新。子規在東京大學學期考試不及格後放棄補考,決意退學。7月,子規回松山省親,夏目漱石也到松山一遊。11月,子規將母親八重與妹妹正岡律接到東京,一家三口同住。12月,子規進入《日本》新聞社工作。

明治26年(1893)2月,27歲的子規在報紙《日本》「文苑」版上闢俳句欄,推廣俳句。3月,從東京大學正式退學。7月19日,子規出發前往奧羽地區(日本東北地區)旅行,前後一個月,遍訪各地俳諧宗匠,於8月20日回到東京。這一年恰為芭蕉二百年忌(逝世滿199年忌),此行可視為子規踵繼芭蕉《奧之細道》行腳的詩歌朝聖之旅。11月13日,子規開始在《日本》上發表其《芭蕉雜談》(共25回,至翌年1月22日)以及奧羽紀行文《莫知其終之記》(はて知ら

ずの記）。此年子規寫了四千多首俳句，是生命中產量最多的一年，有許多是旅途上即興、寫景之作，子規謙稱「濫作」，有些的確是。子規提倡「寫生」，但也明白要有所選擇，且化「景」為「境」，才能成佳句。

明治 27 年（1894）2 月，子規一家搬到羯南家東側的上根岸町 82 號——此屋即至今猶在的「子規庵」。2 月 11 日，報社另外發行了家庭取向的報紙《小日本》，由子規負責編輯。創刊號上推出了子規小說《月之都》連載。2 月 23 日，子規以「竹里人」筆名發表短歌。4 月 15 日，在子規庵舉行了有四人與會的俳句會。7 月，《小日本》因經濟理由廢刊，子規回任報紙《日本》編輯，在報上發表《上野紀行》一作。7 月底，中日甲午戰爭爆發。翌年（1895）年 3 月，子規獲准以近衛師團隨軍記者身分前往遼東半島戰場，他 3 月 3 日從東京出發，輾轉等候，直到 4 月 10 日才從廣島宇品港乘「海上丸」出帆，15 日早晨於大連柳樹屯登陸。有趣的是，子規本抱著男兒「攜」筆從戎、為國馳騁疆場的胸懷，但還沒到達戰地，戰爭基本上已結束。3 月 21 日李鴻章與日本總理伊藤博文在馬關進行停戰談判，3 月 30 日簽訂停戰協定，4 月 17 日簽署了《日清媾和條約》，即《馬關條約》。子規雖未能親眼轉播戰爭實況，但還是隨近衛師團到金州（遼寧）、旅順等地兜了一圈，寫作《陣中日記》在報紙《日本》連載，他還採訪了在金州當軍醫的小說家森鷗外（1862-1922）。

明治 28 年（1895）5 月 14 日，正岡子規從大連搭「佐渡國丸」回日本，17 日在船上咯血，病況嚴重，5 月 23 日入神戶醫院，子規母親及河東碧梧桐、高濱虛子都趕來照料，

經兩個月治療，於7月23日轉至須磨療養院繼續療治，後於8月20日出院回家鄉松山療養。夏目漱石當時任教於松山中學校，子規借住其寓所「愚陀佛書齋」一樓，從8月27日至10月17日共52日。當地俳社「松風會」會員頻頻至子規處請益，舉行詩會，漱石後來也加入。10月辭別漱石回東京之際，子規寫下名作「我去，／你留——／兩個秋天」。10月19日，子規於松山三津濱登船，經廣島、須磨、大阪、奈良等地，在奈良時順路參訪了東大寺周邊、藥師寺、法隆寺等處，寫下另一首名句「柿子／入我口，鐘鳴／法隆寺……」，於10月31日回到東京。他滯留松山期間所寫，系統論述俳句寫作與美的標準、不時強調「寫生」（寫實）之必要的《俳諧大要》，從10日22日至12月31日，分27回刊載於報紙《日本》上。此年誠然是子規生命中劇烈變動的一年。

明治29年（1896）1月3日，30歲的子規在「子規庵」舉行新年俳句會，森鷗外與夏目漱石都參加了，據說是兩位小說巨匠首次會面。31日，森鷗外主編的文藝雜誌《目不醉草》（めさまし草）創刊，此後成為在報紙《日本》上力倡寫實主義的子規所領軍的「日本派」俳人們發表作品之園地。2月，子規左腰腫脹，劇烈疼痛。3月時診斷為因結核菌引發的脊椎骨疽，並動了手術。此疾使他此後（生命最末）七年，行走困難，臥床日多，但病榻上的他仍創作不懈。隨筆集《松蘿玉液》於4月至12月間在報紙《日本》上連載，7月19日、23日、24日三天之文都在介紹棒球。《俳句問答》於5月至9月間在《日本》上連載，子規嚴厲批判了由俳諧宗匠所主宰，拘泥於老套規則、每月例會的「月並俳句」的陳

腐與僵硬，提倡根植於現實、從生活取材的新俳句。9月5日，子規搭人力車外出，和與謝野鐵幹（1873-1935）等新體詩（新詩、現代詩）詩人聚會。子規宣導的「新俳句」在這一年逐漸獲更多人認同。

明治30年（1897）1月15日，由松山俳社「松風會」會員柳原極堂籌畫，正岡子規作為精神領袖的俳句雜誌《杜鵑》（ほととぎす）在松山創刊、發行，雜誌名稱取自子規（杜鵑）之名，由子規、高濱虛子、河東碧梧桐等人負責選稿。3月與4月，子規又做了兩次腰部手術。他非常重要的評論文字《俳人蕪村》於4月13日起，分19回在報紙《日本》上連載，至12月29日。此文以獨特、大膽的觀點，揚與謝蕪村而抑俳聖芭蕉，讓蕪村在去世110年後一躍而為日本俳句史上的大師。4月20日，子規病情惡化，醫生暫禁其講話。6月，叔父加藤拓川出錢雇請紅十字會護士幫忙看護約一個月。9月，醫生在子規臀部穿刺兩個洞，膿始流出。12月24日，子規在子規庵舉行第一回「蕪村忌」俳句會，與會者有二十人。

明治31年（1898）1月，子規在子規庵開辦《蕪村句集》輪講會，此後每月一次。2月12日，開始在《日本》上連載《與歌人書》（10回，至3月4日），著手其短歌革新運動。3月，子規與俳友們初次在子規庵舉行短歌會。7月13日，子規自書墓誌銘，寄給河東碧梧桐之兄河東可全保存。10月，俳誌《杜鵑》移至東京發行，由高濱虛子接任主編，子規在新《杜鵑》第一號上發表了〈古池之句辯〉以及一篇描寫子規庵小庭園的散文〈小園之記〉。子規的妹妹律和俳友們為了

寬慰病榻上的子規，在小庭園裡種植了各色草木：竹、松、米櫧、萩花、芒草、雞冠花、桔梗、牽牛花、秋海棠、紫茉莉、雁來紅、百日草……等。子規為這些草木都寫了俳句，〈小園之記〉裡還繪了一張圖示出它們的位置（子規喜歡的薔薇和象徵子規庵的絲瓜，此時尚未種）。小園草木給病中子規及其創作帶來極大的動力，它們是「病床六尺」上的子規生命的小宇宙：「小園是我的天地，花草是我唯一的詩料」（小園は余が天地にして草花は余が唯一の詩料となりぬ）。文末他附了一首俳句——「我家小庭園／花花草草／雜亂植……」——此園誠然亂中有序、亂中有力，亂中給受病痛之苦的子規安定感與生命力。

明治32年（1899）1月，子規先前連載的《俳諧大要》由《杜鵑》雜誌社結集出版，印數3000冊。3月起又在子規庵定期舉行短歌會。5月，子規病情再次惡化。10月，高濱虛子在子規病室裝了一個煤油暖爐。秋天時，子規用畫家朋友中村不折（1866-1943）送他的水彩繪具畫了一幅秋海棠。11月，於子規庵開辦文章會，指導「寫生文」寫作。12月，高濱虛子請人把子規病室與庭院間的紙拉門改成透明的玻璃拉門。《俳人蕪村》亦結集刊行，12月12日在子規庵舉行的「蕪村忌」俳句會，有46人參加。

明治33年（1900）1月下旬，子規在報紙《日本》上連載文論〈敘事文〉（共3回），提倡「寫生文」。4月15日，在子規庵開辦《萬葉集》輪講會。16日，子規門生香取秀真（1874-1954）帶來其所塑子規石膏像。8月時，子規大量咯血。8月26日，準備去倫敦留學的夏目漱石前來道別。9

月,在子規庵舉行第一回「山會」(寫生文之會)。10月,與子規詩觀有別,推崇浪漫主義、創立「東京新詩社」的「明星派」領袖與謝野鐵幹來訪。11月,子規專心靜養,暫停句會、歌會。12月23日再次舉行「蕉村忌」俳句會,有38人參加。

明治34年(1901)1月26日,子規在《日本》上連載其隨筆《墨汁一滴》(共164回,至7月2日)。6月,請人在小庭園中搭建絲瓜棚,據說絲瓜藤中的汁液可取為幫助病人止咳化痰的「絲瓜水」。9月2日,開始寫作日記體隨筆集《仰臥漫錄》。10月13日,母親與妹妹外出,子規興自殺之念,不斷哀號哭泣,在《仰臥漫錄》裡畫了小刀和小錐子。11月6日晚上,子規給在倫敦的夏目漱石寫信,信中說:「我已成廢人矣。每日無緣由地號泣,不再給報刊雜誌寫稿,書信全然停止。久疏問候,今夜突思修一特別之書函予君。你的來信非常有趣,是近日我心頭唯一喜悅。你深知我早想出去見識西洋世界,但病人如我,遺憾只能讀你信,聊替親臨西洋,亦快意也。得便,能再給我一信嗎,趁我兩眼猶明未閉?誠無理之求啊……」這是子規寫給漱石的最後一封信。

明治35年(1902),36歲的子規生命最後一年。1月中,病情急劇惡化,連續使用麻醉劑(嗎啡)止痛。3月10日,恢復寫作先前中斷的《仰臥漫錄》。3月末,香取秀真、高濱虛子、河東碧梧桐等弟子輪流於夜間陪伴、看護。5月5日,隨筆集《病床六尺》開始在報紙《日本》上連載(共127回,至9月17日——死前兩日)。6月,以水彩繪成《果物帖》十八圖。8月、9月間續成《草花帖》十七圖、《玩具帖》

四圖。9月10日，子規在枕邊進行其最後的《蕪村句集》輪講會。9月14日，口述〈九月十四日晨〉一文由高濱虛子筆記。9月18日近中午時，在妹妹律與河東碧梧桐協助下，提筆寫下「絲瓜詩」三首——

絲瓜花已開，／痰塞肺中／我成佛去矣
痰一斗——／絲瓜水／也難清
前日圓月／絲瓜水／亦未取

寫完此絕筆俳句後，子規終日陷於昏睡中，終於9月19日午前一時左右去世。9月21日舉行葬禮，葬於東京北區田端的大龍寺，送行者一百五十多人。

二、子規的「新」俳風

起始於1867年，打破鎖國政策、迎向西方的日本「明治維新」運動，在政治、經濟、教育上推動了一系列重大變革，對日本人生活的各個層面都有深遠影響。俳句作者在西化與傳統價值之間擺盪，尋求新的方向。有些俳人續守過往的寫作方針，有些則另闢蹊徑，包括捨棄沿用了數百年的5-7-5詩型。

1867年正是正岡子規出生之年，第二年（1868）即為明治元年。此時正值日本文學式微的低谷期，各類文學創作素質不斷滑落，雖然一般讀者對此厄境未必有所感。半個世紀前活躍文壇的諸多小說家只剩五、六位還繼續寫作，內容多

半是老舊題材反覆套用,缺乏新意。詩歌在表面上看似逐日茁壯,許多人自命為「俳諧宗匠」,以替弟子修改詩作或以傳授芭蕉風的創作秘訣維生。這類的師徒寫出的俳句數量眾多,卻無任何可觀者。

此一慘澹的詩歌境況直至正岡子規出,方獲拯救。子規的詩和詩論最先只在四國島港市松山流傳,不久就遍及全國,蔚為風潮。松山居然成了文學改革的發源地!子規坦言松山雖非毫無文化之地,在文學上卻不具任何重要性。當地俳人、歌人對少年子規在詩歌創作上或有啟蒙之功,但當子規投身於詩歌革新之途時,他們所傳授的幾乎完全派不上用場。

子規「俳句革新」之功首要有二。其一,他堅認俳句是文學的一類,既非類似「川柳」(senryū)之類搞笑居多的打油詩,也非像許多未曾明乎此的俳諧宗匠所想的,僅將俳句視作某種有助實現神道教德性或佛教頓悟之具。子規在1889年所寫〈詩歌的起源與變遷〉一文中,即認為俳句雖短,但意涵豐富,意指俳句的價值不輸體型較大的小說等,實應以文學視之。在1895年所寫《俳諧大要》第一節「俳句的標準」中,子規明確地說:「俳句是文學的一部分。文學是美術的一部分。故美的標準即文學的標準,文學的標準即俳句的標準。亦即,繪畫、雕刻、音樂、戲劇、詩歌、小說,皆應以同一標準論評之。」子規此一信念,促使俳句在逐漸邁向二十世紀、文化標準動盪未定的那個時代裡得以佔有一重要位置。

其二,他提出根植於現實的「俳句寫生主義」之說。他

深覺被俳諧宗匠所主宰的傳統俳壇已奄奄一息，活力盡失，俳句如果要新生，要存活下去，必須掃除掉那些老派老調、拘泥於太多無謂規則與限制的俳諧宗匠模式，另尋新的方向。寫生或者寫實主義法，雖非徹底革命性的寫作方式，起碼能讓俳句掙脫舊有的束縛，獲得某些自由。就某種意義而言，子規對「寫生」的強調是一種階段性的手段，為使俳句寫作不再局限以老套方式處理老套主題（固定的名勝、事件、意象、季題……），或者淪為以詩仿詩、據詩寫詩的智力遊戲。「寫生」如是讓周遭無數的自然或人事現象皆可以成為詩的題材，為氣數將絕的俳句注入了新的生命力。

說子規對「寫生」的強調是一種「階段性」手段，是因為子規明白徒有「寫生」有時會失之簡淺而有所不足。子規一生所寫詩論、詩話甚多，不同時期觀點頗有變化或看似矛盾處，但實為一日趨圓熟的創作者一心之多面。為了修正「簡單寫生」或略嫌粗糙的直描、白描可能之弊，子規另提出「選擇性的寫生主義」之觀點，讓自己或其門生在「寫生」功力已備的基礎上，適當融入個人的美學趣味或想像。「寫生」雖伴子規一生，但他未曾讓其扼殺自己不時迸出的奇想。主觀的印象與客觀的寫實雖然有別，但真正的藝術家應知如何巧妙融合兩者，忠於自己的意願和理想。子規說：「太寫實的詩容易變得平凡，缺乏新奇……詩人如太執著於寫實主義，會將其心囚於眼睛所見的微小世界，而忘了遍佈於廣袤時空中的珍奇、鮮活詩材。」他進一步提出一種「內在的寫生主義」，以個人「內在的現實」為寫生、觀察對象，描繪詩人的自我——寫生之「生」此際已轉為指內在的「生命力」——

那使人類生生不息的無形動力。他以「誠」（まこと，makoto）這個字指稱此法。

在 1899 年所寫，評論前輩歌人橘曙覽（1812-1868）之作的〈曙覽之歌〉一文中，子規說：「『誠』是曙覽歌作的本質，也是《萬葉集》歌作的本質。是《萬葉集》歌作的本質，也是所有和歌的本質。我所謂的『據實描寫』就是『誠』而已。」在 1897 年發表的〈俳句廢紙簍〉（俳諧反故籠）中，他早已說：「俳句表達詩人的『真誠』感受，即便在創作過程中他試著將之變形，在詩中某處此『真誠』感受明白在焉。」到了晚年他更簡要、確信地指明此變化：「起初我客觀寫生。後來我變得喜歡客觀寫人性。」史丹佛大學日本文學教授上田真（Ueda Makoto）說子規死得太早，老天倘假其以更多時日，他當更充分、更深刻地發展其本於「誠」的「人性寫生」理論。好在實例有時比理論更雄辯。他說，子規生前所作最佳詩句，無疑多是「真誠」與「寫生」等重之句。

●

底下我們欣賞幾首子規各階段「寫生」佳句：

野地裡的／綠，被搗製成／草味年糕（1888）
紫陽花開──／坍塌的牆上／飛雨猛擊（1891）
夏月流銀──／打烊後的魚市場／魚鱗四散（1892）
熟睡於石上之蝶啊／你夢見的是／我這個薄命人嗎？（1893）
木屐／送別草鞋客，雪上／留足印（1893）

筑波秋空／無雲——紅蜻蜓／浪來浪去（1894）

看，／孔雀在／春風中開屏展現尾羽……（1895）

回頭看——／擦身而過的那人／已隱入霧中（1895）

紅梅艷放——／被藏在深閨的少女，／發情的雌貓（1895）

薰風拂我裸體／——唯一的／遮蔽物：松影（1895）

夏日綠風／吹書案，／白紙盡飛散（1896）

早晨的秋天／細雲／流動如白沙（1896）

遇見有人／抬棺——大年初一／夜半時分（1897）

北風呼呼——／叫著要／鍋燒麵呢（1897）

牽牛花，顏色／現在已定格為——／深藍（1898）

女兒節點燈——／偶影／一個接一個……（1899）

銀屏閃映／漫爛銀——盛極／將崩白牡丹（1900）

夜半有聲——／夕顏果實落，／讓人驚（1901）

忽聞剪刀／剪薔薇，梅雨季裡／天遇晴！（1902）

1891年的「紫陽花」詩是子規25歲之作，將「生機」（花）與「腐意」（坍塌的牆）以及能生能腐的「雨」同框，是頗具深意的寫生句。1892年「夏月流銀」句頗有芭蕉輕盈捕捉事物本質、美感的功力。1893年「蝶夢」句，融客觀寫生、莊子典故與子規內心感受於一爐，甚為感人。1894年「紅蜻蜓」句是被選入教科書的大氣、大畫面名句。1895年的「孔雀」句是設計有成、鮮明耀眼的「選擇性寫生主義」代表作。1902年死前四個月所寫「剪薔薇」句，非常生動地把「客觀的」剪刀聲、天晴色與內心跟著響起的爽朗快意剪輯在一

起。這類有效融合客觀之景與主觀之情,虛實相應的詩句,往往更讓人玩味。譬如底下兩首——

啊,閃電!／臉盆最下面——／野地裡的忘水
新的年曆——／五月啊,將是／我的死日

第一句客觀地讓我們看到閃電下臉盆水「實」景,而詩人的「靈視」讓我們彷彿被閃電電到般,頓悟／洞觀臉盆最下面肉眼平日未察的「忘水」——流動於野地,隱密不為人知的水。第二句寫於 1899 年,臥病的子規每預感自己死期將盡,五月是草木茂盛季,面對大地沛的活力,苟延殘喘的病者反而自覺無力與之競爭而萌生死意。但大多數時候,「病床六尺」上的子規面對死亡還是生意、鬥志盎然的,不時迸出一些可愛、有趣之句。試舉一些他寫的人事、佛事、貓事、鴨事、蛙事、鳥事、馬事、牛事、蝸牛事、蜻蜓事之句:

哈,六十歲的婦人／依然稱作是／「插秧姑娘」!
屋頂之上／人們看火災——／冬月寂寂
看護婦睡著了,／醒來連忙／打蒼蠅……
大佛全身涼爽——／啊,它沒有／大腸小腸糾纏
夜臨——／我們家的貓「芓麻」／等著隔壁的貓「多
　麻」呢
冬籠——小鴨／已習慣／待在洗臉盆裡
五月雨——／青蛙跑到／榻榻米上來

為飽受說教汙染的／耳朵──啊／布穀鳥的清音！
午後雷陣雨──／啊，驚動了一整排／馬屁股
錦緞加身，／慶典中的／牛──流汗了
蝸牛──／挺著大觸角為餌／勾引雨雲
運河上，一隻蜻蜓／以九十度／端端正正迴轉

　　天性開朗的子規長期臥病，生命悲苦，但不時苦中作樂，像自幼坎坷多難的前輩俳人一茶一樣，以自嘲的曠達，從簡陋中偷窺美，在困窘處以輕（鬆）舉重。很難說兩人中誰更苦，誰更超脫：

一年又春天──／啊，愚上／又加愚（一茶）
美哉，紙門破洞，／別有洞天／看銀河！（一茶）
米袋雖／空──／櫻花開哉！（一茶）
秋日薄暮中／只剩下一面牆／聽我發牢騷（一茶）
躺著／像一個「大」字，／涼爽但寂寞啊（一茶）

大年三十愚，／一夜跨年──／元旦，猶愚也！
　（子規）
從紙門／破孔，我看見／雪下了……（子規）
有雞冠花／有絲瓜──寒舍／怎會貧寒？（子規）
朴樹果實四處散落……／鄰家孩子最近卻／不來找
　我了（子規）
啊，睪丸成了／累贅的邪魔，讓我／難納涼！
　（子規）

子規纏綿病榻,行動不便,不像可以「大」辣辣攤開四肢、五肢,讓全身清涼的一茶。病床上日日親密審視自己身軀的子規,對涼與熱的感受(不管是自身或外在的),似乎比常人敏銳:

涼啊,／綠油油稻田中／一棵松
月涼——／蛙／聲沸……
山野像剛被水／打濕——／涼爽啊,拂曉
涼哉,／石燈籠孔洞／豁然現大海!
洗完澡後／簷下納涼,讓／風吹乳頭

熱啊——／脫光衣服／緊貼牆壁
熱啊,一根／鋤頭立在地上／四周不見人
天啊,天啊／天啊——／今年真熱啊!
熱斃了!／但我只能繼續／求生

熱斃了,困斃了,苦斃了!但他依然繼續求生。子規最大的求生法寶可能來自飲食——食慾就是生之慾,他愛吃柿子、愛吃秋茄子、愛吃蜜柑、愛吃蘋果、愛吃櫻葉餅、草味年糕、栗子飯、冰淇淋……愛吃眾多東西:

雖然夏日消瘦,／我還是一個／食量大的男人啊
你可以告訴大家／我吃柿子／也愛俳句
寂寞的夜——／入住旅館房間後／吃柿子
吃完年糕湯／初夢吉兆,我／全部忘光光

春深滿是／蜜柑腐──我就愛／這一味！
時入小寒──／吃過藥後／有蜜柑可吃！
牡丹花下／吃蘋果──我願／如是死！
栗子飯──／啊，病人如我／依然食量超大
牙齒用力咬／熟柿──柿汁／弄髒我鬍子
能吃柿子的日子／我想只剩／今年了
一匙／冰淇淋──全身／活起來！

子規生命最後一年所寫隨筆集《病床六尺》，第一篇第一句就說：「病床六尺就是我的世界，而六尺病床對我來說還是太寬了……」（病床六尺、これが我世界である。しかもこの六尺の病床が余には広過ぎるのである……）此話讀之令人悲。因病而身軀縮小，而世界縮小，壽命縮小……，而他「果敢在死路裡尋求一條活路，貪圖一點點安樂……」（僅かに一条の活路を死路の内に求めて少しの安楽を貪る果敢なさ……）。寫作就是最讓他安而樂之的事了，如同他生命最後的春天中此詩所見──

啊，終日作畫／作詩，作／惜愛春光人！

他雖未能順利在死中尋得活路，但他完成了他詩歌革新、俳句革新之路。雖然他極力抨擊眾俳人們被傳統俳句規範綁死而不自知，但他自己並未全然棄絕之，而是自覺地加以翻新，死裡求生找活路。他照樣使用「季題」（季語），但不受傳統季題套路所囿，把當下、把周遭生活的新元素、新

酒……注入舊瓶,生出「新」俳句。雖然他認為工業化的明治時代新日本過於粗鄙醜惡,未有適合詩或文學的題材,並且新時代許多新意象很難引發詩意,但他還是承認現代世界已是人們生活的一部分,現代事物當然可以入詩。他精明、鮮活地使用新名詞,自在混用外來語(西洋語)、漢語、雅語、俗語。他作品數量太多,有時也不能免俗,順手寫出一些過節應景之句(恰是他所批評、反對的!)——譬如某些貼春聯式的新年之句——

全民之春——／同胞／三千九百萬
一年之計在正月／一生之計／在今朝

但他還是為我們迸出許多美妙的俳句的新火花:

跟十二層高的大樓相比,／夏天的富士山／約只五層高
(十二層楼五層あたりに夏の不二)

火車駛過——／煙霧迴旋於／新葉叢中
(汽車過ぎて煙うづまく若葉哉)

有新綠嫩葉的房子,有新綠嫩葉的房子,有新綠嫩葉的房子……
(家あつて若葉家あつて若葉哉)

月夜——／野雁沿鐵路／低飛
(汽車道に低く雁飛ぶ月夜哉)

灑落／春風中……多紅啊／我的牙粉

（春風にこぼれて赤し歯磨粉）

五月梅雨，／在報社編輯部――／隻身一人
（一人居る編輯局や五月雨）

有蜜蜂標記的／葡萄酒――啊，／滿滿一整頁廣告
（葡萄酒の蜂の広告や一頁）

第一首詩中的「不二」（富士山）是古來短歌、俳句中屢現的名勝（歌枕），在子規筆下卻意外竄出一棟十二層高的「摩天樓」與之爭鋒。二、三首中的「若葉」（新葉、新綠嫩葉）是傳統俳句表示夏天的「季語」之一，但第二首的葉叢間卻縈繞著柴油火車噴出的煙霧，而第三首裡詩人運用了今日電腦時代「複製」的概念，大膽地把整個「家あって若葉」（音ie atte wakaba：有新綠嫩葉的房子）複製一遍貼上，顯現出一列火車／兩車廂奔馳過一間又一間嫩葉茂生的家屋的曼妙動感。第五首的「歯磨粉」（牙粉），第六首的「編輯局」（報社編輯部），第七首的「葡萄酒」和「広告」（廣告）――還有前面出現過的他愛吃的「アイスクリム」（冰淇淋）――也都是可愛的亮點。

歸化日籍的美裔日本文學專家唐納德・基恩（Donald Keene）在其所著《冬日陽光流進：正岡子規傳》（*The Winter Sun Shines In: A Life of Masaoka Shiki*）中有兩段文字總評子規的詩歌成就，我們覺得頗合適複製於此：

　　正岡子規的俳句和俳論影響巨大而且持久。很難想像

會有任何重要的俳句詩人想重回子規俳句革新運動之前盛行的老套俳句寫作方式。對子規,以及所有現代俳句詩人,沒有任何題材是不可以入詩的。

在子規開始寫作他的詩歌和評論之時,俳句和短歌幾乎已走入絕境,當時最好的詩人對短詩已興趣缺缺。子規和其門生在傳統形式之中探索新的表達可能,而將俳句、短歌此二詩歌類型保存下來。今日數以百萬計寫作俳句的日本人(以及許許多多非日本人)都屬於「子規派」,就連寫作新詩、現代詩等全然不同詩歌類型的詩人也多受其啟發。正岡子規是真正現代日本詩歌的奠基者。

三、子規與芭蕉

正岡子規是極少數敢非議俳聖芭蕉「金牌」地位的俳句(革新運動)運動員。在 1893 年所寫的《芭蕉雜談》中,他批評芭蕉的詩句「玉石混淆」,說其所作千首俳句中「過半惡句、駄句(拙句)」,僅五分之一(「二百餘首」)屬佳作,寥若晨星。先前我們曾在〈八叫芭蕉〉一文裡戲說「正岡子規自己一生寫了約一萬八千首俳句,依他自己標準檢視他,敢稱能有千首佳句嗎?打擊率難及 0.5 成,敢議論你(芭蕉)高達兩成的巨炮實力?真是自我打臉……我們相信他是『口非心是』的你的另類粉絲。」細讀子規對芭蕉的評論,他並非真的覺得芭蕉的詩不重要。提倡「寫生」的子規敬重芭蕉,因為他相信芭蕉是第一位寫生主義的俳句詩人,並且芭蕉許

多詩作具有「雄渾豪壯」的氣質。在《芭蕉雜談》中子規說：「而松尾芭蕉獨於此時，懷豪壯之氣，揮雄渾之筆，賦天地之大觀，敘山水之勝景，令舉世驚。」芭蕉的門生們即便也成功地仿效了蕉風的寫生性，但無人能再現其雄渾。子規不滿後世芭蕉的跟隨者，特別是那些食古不化的所謂「俳諧宗匠」，徒奉芭蕉為偶像，而不思真正體現、傳揚其精神。子規1898年所寫的這首俳句「芭蕉忌日話芭蕉——／那些奉承芭蕉者／多粗鄙無識」，所指即此。

子規在1893年「芭蕉二百年忌」之年，有仿芭蕉《奧之細道》行腳的奧羽之旅，前後約一個月。芭蕉當年一路行吟，子規則部分路程搭火車。子規此行成詩甚多，使得他此年所寫俳句達四、五千首。在《獺祭書屋俳句帖抄・上卷》中子規自己說「然而自前一年體會實景寫俳句之方以來，此殆為自己濫作之極限」。「濫作」兩字也許非自謙，但自然也有不少景、情接合，化景為境的佳句，譬如寫於吹浦海岸的「他洗馬，／用秋日海上的／落日」，寫於山形縣大石田的「挾整個夏季／流金而下——啊，滔滔最上川」。或者「一走動就熱，／停下歇息——／涼哉，蟬鳴」；「冷清的／火車站——蓮花／盛開」；「啊，秋風——／浮世之旅／無人知其終」。芭蕉一生大半浪跡在外，以腳／筆在大地的稿紙上耕耘——「人間此世行旅：／如在一小塊／田地來回耕耙」（世を旅に代掻く小田の行き戻り）。子規後來因臥病，不良於行，面對芭蕉翁像只能自嘲地說「我在被爐旁／烘染你／行腳之姿」，或者慶幸自己仍能在秧田形的短冊、色紙上作畫作詩筆耕——「水稻秧田——啊，／寫詩的短冊的矩形／畫畫

的色紙的方形」。

子規在《芭蕉雜談》中說 5-7-5、十七音節的「發句」（連句首句）是文學，但「連句」不是（「発句は文学なり、連俳は文学に非ず」），他肯定芭蕉提升了「發句」的價值，使之足以獨立為真正的文學。博學勤學、眼明手快如子規，是很難繞過寶藏在焉的芭蕉作品的。試列舉一些兩人之句：

初冬陣雨／——奈良千年／伽藍伽藍
（奈良千年伽藍伽藍の時雨哉：子規 1893）
奈良——／七重七堂伽藍／八重櫻……
（奈良七重七堂伽藍八重桜：芭蕉 1684-1694 間）

隱藏於／春草間——／戰士的屍體
（なき人のむくろを隱せ春の草：子規 1895）
夏草：／戰士們／夢之遺跡……
（夏草や兵どもが夢の跡：芭蕉 1689）

秋去也——／再一次，我被／呼為「旅人」
（行く秋のまた旅人と呼ばれけり：子規 1895）
但願呼我的名為／「旅人」——／初冬第一場陣雨
（旅人と我が名呼ばれん初時雨：芭蕉 1687）

春之海——／大島小島／燈火漾……
（島々に灯をともしけり春の海：子規 1897）
夏之海浪盪：／大島小島／碎成千萬狀

（島々や千々に砕きて夏の海：芭蕉 1689）

在 1898 年所寫的〈古池之句辯〉一文中，子規追溯了連歌、連句和發句的歷史，盛讚芭蕉「古池——／青蛙躍進：／水之音」（古池や蛙飛びこむ水の音）一句體現了「寫生」的精髓，開啟了真正的俳句：「像這樣！此際芭蕉開悟了⋯⋯他發現日常平凡的事物也能轉化為詩句⋯⋯芭蕉終於領悟了自然之妙，摒棄了相形見鄙的雕琢之工⋯⋯芭蕉的眼睛注視著青蛙，也就是說注視著自然⋯⋯此詩之意義盡在此矣，『古池——青蛙躍進：水之音』——再不需要添加一絲一毫的東西⋯⋯」

芭蕉 1686 年這隻青蛙躍入古池的聲音，在後世不斷激起許多詩人養蛙跳水的迴響。有時比賽場地、選手可能略有不同，譬如蕪村和子規這兩句：

古庭：／梅枝上，鶯啼／終日
（古庭に鶯啼きぬ日もすがら：蕪村 1744）
古庭院月色中／把熱水袋水／倒空
（古庭や月に湯婆の湯をこぼす：子規 1896）

子規還有非常可愛的兩句，簡直是「後現代」式的拼貼、搶劫（哇，還整首端過去咃⋯⋯）：

「古池——／青蛙躍進⋯⋯」／啊，好一幅俳畫！
（古池に蛙とびこむ俳画哉：1899）

芭蕉忌日懷芭蕉：／古池，青蛙／躍進──水之音
（芭蕉忌や古池や蛙飛びこむ水の音：1900）

看到這麼多遙遙呼應芭蕉，向其致意、致敬的詩句，我們很難說子規是一個不愛芭蕉的人。

四、子規與蕪村

正岡子規在 1897 年所寫的《俳人蕪村》中，力讚「蕪村的俳句堪與芭蕉匹敵，甚或凌駕芭蕉」，並嘆蕪村之後的俳人有眼無珠，不識其好，百年間任其光彩埋於瓦礫中。他讚揚蕪村的俳句具有積極、客觀、人事、理想、複雜、精細等多種美感。他說「美有積極與消極兩種，積極的美指的是構思壯大、雄渾、勁健、艷麗、活潑、奇警，消極的美則指意境古雅、幽玄、悲慘、沉靜、平易……」，芭蕉的詩多消極美，相較之下蕪村的詩則富積極美。子規所處的明治時代，散發著一種奮發進取、求新圖強的大氛圍，子規個人天性開朗，臥病多年依然堅毅求生，詩句中極少顯露悲觀情緒──積極的時代加積極的個人，子規自然是積極美的樂觀擁抱者。

蕪村是大畫家兼大詩人，他的詩十分重視構圖和色澤，寫生感和畫趣十足，遂成為子規力倡的詩歌「寫生」理論先行、已有之實踐典範。子規說芭蕉的俳句比古來的和歌顯現更多客觀美，但仍遠不及蕪村詩作的客觀美。他說「極度的客觀美等同繪畫」，而蕪村的俳句很多時候就是一幅畫。但蕪村雖然詩中有畫，卻每每跳脫寫實，以充沛的想像力創造具

藝術感和新鮮感的詩意。說來有些矛盾，蕪村這些空想、奇想（非簡單「寫生」！）之句，居然也是子規所喜，是他在慣於以詩表達自身經歷、摒棄生自想像之景的芭蕉句中難以找到的。

在 1895 年發表的《俳諧大要》中，子規說：「必須揉合空想與寫實，創造出一種非空、非實的大文學。偏執於空想或拘泥於現實，皆非至道也。」子規自己的一些俳句也是虛實相合的。在《俳人蕪村》中他說：「文學不是傳記，不是紀實。文學創作者頭倚著四疊半空間一張舊書桌，『理想』則逍遙於天地八荒間，無礙自在地追求美——無羽而翔空，無鰭而潛海，無音而聽音，無色而觀色。如此得來者，必嶄新奇警，足以驚人也。求斯人於俳句界，唯蕪村一人矣！」也正是因為這種體現了「理想美」的詩「藝」，蕪村方能與以「道」立足的芭蕉、以「生」立足的一茶，鼎立為古典俳句三大家。

但一首詩作究屬積極美、客觀美、理想美……，有時很難區分，好詩之生成每每是知性與感性，眼睛與心靈交互作用的結果。底下試並置蕪村、子規兩人之句對照玩味，看能詩、能畫的這兩位詩人如何異趣同工或異工同趣，在詩中展現寫生、構圖、著色、用墨、運筆（或運鏡）之妙：

一隻黑山蟻／鮮明奪目／爬上白牡丹（蕪村）
紅薔薇上／一隻淡綠色蜘蛛／爬動（子規）

黑貓——通身／一團墨黑，摸黑／幽會去了……
（蕪村）

今晨雪／白──搞不明白／白貓去向（子規）

棲息於／寺廟鐘上──／熟睡的一隻蝴蝶（蕪村）
棲息於／寺廟鐘上──／閃爍的一隻螢火蟲（子規）

一朵牽牛花／牽映出／整座深淵藍（蕪村）
一種臨界黑的／深紫色──／這些葡萄（子規）

閃電映照，四海／浪擊──纍纍／結出秋津島……（蕪村）
金銀色／掠空，閃電／映西東……（子規）

黃昏雷陣雨──／成群麻雀／緊緊抓著草葉（蕪村）
午後雷陣雨：／兩三人／同撐一把傘（子規）

踏石三顆、四顆／歪斜綴於／蓮池浮葉間（蕪村）
枯野──／石頭三三兩兩／散落（子規）

春雨──／邊走邊聊：／蓑衣和傘……（蕪村）
春日晝長──／舟與岸／對話不完（子規）

高麗船／不靠岸／駛入春霧中……（蕪村）
霧中／大船拖／小舟（子規）

仰迎涼粉／入我肚，恍似／銀河三千尺……（蕪村）

青毛豆，啊／三寸外／直飛入我口（子規）

故鄉／酒雖欠佳，但／蕎麥花開哉！（蕪村）
故鄉啊，／桃花燦開／表堂兄弟姊妹多（子規）

歪頭斜頸，口沫橫飛，爭論個／不停的──這些／蛙
　喲！（蕪村）
蛙跳的方式頗／客觀──蛙鳴的方式／非常主觀！
　（子規）
雲雀派與／蛙派，在爭論／唱歌的方法……（子規）

月已西沉──／四五人／舞興仍酣……（蕪村）
中風病者愛舞蹈──／一舞，病軀／盡忘……
　（蕪村）
魚腥味中／漁村村民，月下／齊舞踊（子規）

屋子裡紫色／若隱若現──／美人的頭巾……
　（蕪村）
用桶子淋浴──／陋巷裡長排陋屋中／有美人住焉
　（子規）

遠山峽谷間／櫻花綻放──／宇宙在其中（蕪村）
月一輪／星無數／滿天綠……（子規）

不二山風──／一吹／十三州柳綠……（蕪村）

涼啊，這讓我／快意一窺千年之景的／風……
（子規）

如果上面這兩首詩是風的空間與時間威力的對決，底下兩首就是「二」的奇妙演繹了：

兩棵梅樹——／我愛其花開：／一先一後（蕪村）
我去，／你留——／兩個秋天（子規）

漢文造詣甚高的蕪村喜歡在俳句中大量使用漢字，有時甚至全用漢字，讓全句看起來彷彿「墨感」厚實些，七歲習漢文，漢詩、漢文都寫得不錯的子規也不遑多讓：

柳絲散落，／清水涸——／岩石處處
（柳散清水涸石処々：蕪村）
五月雨——／滾滾濁流／衝滄海！
（五月雨や滄海を衝濁水：蕪村）
寒月懸中天——／枯樹林裡／三根竹
（寒月や枯木の中の竹三竿：蕪村）
夜出桃花林，／拂曉又作／嵯峨賞櫻人
（夜桃林を出て曉嵯峨の桜人：蕪村）

紀元二千五百五十五年哉
（紀元二千五百五十五年哉：子規）
恭賀新禧——／一月一日，日／昇大地！

（恭賀新禧一月一日日野昇：子規）
病起，／倚杖對／千山萬嶽之秋
（病起杖に倚れば千山萬嶽の秋：子規）
村遠近／雨雲垂／稻浪十里
（村遠近雨雲垂れて稻十里：子規）

蕪村、子規有些詩句看起來像一張劇照，一個停格的「映畫」畫面，有些則在寫真之外籠罩一層古典、異境的奇想色澤：

逆狂風而馳——／五六名騎兵／急奔鳥羽殿（蕪村）
十一位騎士／面向大風雪／頭也不回（子規）

二十日行路——／雲峰，高聳於我／前屈的脊樑上
　（蕪村）
彷彿揹負／夕陽——行腳僧高高的身軀／在枯野上
　（子規）

狐狸愛上巫女，／夜寒／夜夜來尋……（蕪村）
美人來我夢，／自言／梅花精（子規）

狐狸化身／公子遊——／妖冶春宵……（蕪村）
春夜打盹——／淺夢／牡丹亭（子規）

蕪村詩中的畫面，有時頗像現代、後現代攝影大師鏡頭

下的影像——冷凝、抽象、極簡（有時只用黑白膠捲），或者像電影裡久久不動的長鏡頭：

梅雨季：／面向大河———／屋兩間
春之海———／終日，悠緩地／起伏伏起
牡丹花落———／兩三片／交疊

子規的詩也有類似的畫面感，但他進一步地讓鏡頭移動，或者說在有限的十七音節俳句裡完成具有動感的一部「微電影」：

啊山茶花／墜落，一朵／兩朵⋯⋯
蝴蝶三隻／兩隻，一隻⋯⋯／啊，都分開了
一戶人家／梅開五六株，還有／這裡、這裡⋯⋯
小香魚微微動／小香魚微微動，啊／小香魚閃閃發光動啊動⋯⋯
（小鮎ちろ小鮎ちろ小鮎ちろりちろり）

最後一首詩有題「小香魚往前奔」，子規在日文原句裡疊用三次「小鯰ちろ」，成功營造出小香魚們用力往前遊、爭相溯流而上的躍動感，和先前提到的火車詩（「家あって若葉家あって若葉哉」）有異曲同工之妙。而同樣牡丹花落，蕪村的長鏡頭到了子規手中就成為伸縮鏡頭——在底下前半句，他先給了一個牡丹「只謝落了兩片」的特寫鏡頭，在後半句將鏡頭拉遠，給出「牡丹整個變形」的全景畫面：

只謝落了／兩片——牡丹／整個變形……

　　子規晚年長期臥病床榻，被局限了的視野或視角經常讓他的「寫生句」出現聚焦於一物的「意象主義」式的簡潔、鮮明畫面感，如同美國詩人威廉斯（W. C. Williams, 1883-1963）這首受了俳句影響的〈紅色手推車〉（The Red Wheelbarrow）：

這麼多東西	so much depends
要依靠	upon
一架紅手	a red wheel
推車	barrow
被雨水擦得	glazed with rain
發亮	water
旁邊一些白色	beside the white
小雞	chickens

*

在可插一兩朵花的／法國小花瓶——／啊，冬薔薇（子規1897）
紅蘋果／綠蘋果／——在桌上（子規1900）
雞冠花——／應該約莫／十四、五朵（子規1900）

他晚年寫的一些短歌亦復如此。底下第一首為 1900 年 4 月之作,是其所寫「庭前即景」十首短歌之一。對於病床上的子規,室外的小庭園是其僅有的天地、袖珍版的大自然,而他依然敏銳地體察到四季的推移、草木的生意,以精細的目光特寫發新芽的薔薇;第二首則為 1901 年 4 月所寫,十首「瓶中紫藤花」系列短歌開頭之作,臥床的詩人獨特、受限的「寫生」視角,察看到了一般人的目光不會感受到的花枝之「短」:

春雨輕潤著／二尺長／薔薇新芽上／紅色的／軟刺……
(くれなゐの二尺伸びたる薔薇の芽の針やはらかに春雨の降る)
插在瓶內的／紫藤,／花枝太短了──／無法垂落到／榻榻米
(瓶にさす藤の花ぶさみじかければたたみの上にとどかざりけり)

生命最後幾年受困病榻的子規,甚至連在床上坐著或翻身都不能,但他躺在那裡一滴墨、一滴墨地寫出一篇篇、一冊冊俳句、短歌、隨筆、評論……日復一日,全不鬆懈。他最好的作品大多數都寫於「病床六尺」上這死前七年裡。美裔日本文學專家唐納德‧基恩在評述上面最後一首短歌時說,此詩乍看平淡,但當我們想到這位因臥病、動彈不得而身軀變小、變短的文學巨人,想伸手觸摸垂下的紫藤花枝而

不能的沉痛時，我們也許才豁然領悟這樣的赤裸、無飾，正是此詩的精髓。他說「這不只是一首詩，這是吶喊。」

五、子規與友人

開朗熱情的正岡子規是文學小巨人，也是文學大磁場，吸引許多朋友、門生圍聚他身邊，臥病困頓的他也時時得到這些友人們的幫助。一生中，長期詩文、書信往返，甚至入詩的文友甚多，最密切者當為夏目漱石、高濱虛子、河東碧梧桐三人。

漱石與子規同年，兩人 18 歲（1884）在東京求學時為同級生，1889 年 1 月，兩人因喜歡看「落語」而成為好友。當年 5 月子規咳血一周，啼出許多杜鵑／子規詩，漱石去醫院探望他後寫了一封信鼓舞他，附了兩首以英文「to live is the sole end of man!」（活著是人生唯一目的！）為前書的俳句：

我回去了，／要笑，不要哭啊，／杜鵑鳥
（帰ろふと泣かず笑へ時鳥）
無人期待／聞你啼叫、啼血啊，／子規……
（聞かふとて誰も待たぬに時鳥）

1895 年 5 月從大連回日本的子規在船上咯血，5 月至 7 月在神戶與須磨療治時，他的兩個弟子河東碧梧桐、高濱虛子先後來看他，他寫了一首俳句請虛子帶回給東京友人們：

告訴他們——／我只不過在須磨海邊／睡個午覺……

8月27日至10月17日子規回家鄉松山繼續療養，借住漱石的寓所（「插妥桔梗花——／暫以此處／為我臨時書齋」）。臨別之際，漱石寫了一首俳句「送子規回東京」，詩中刻意使用了兩次「立ち」（意為起身或開始）：

起身回鄉，／你當先起身／菊下共飲新酒
（御立ちやるか御立ちやれ新酒菊の花）

子規寫下動人的「我去，／你留——／兩個秋天」（行く我にとどまる汝に秋二つ）一句回報，以「二」為樞紐，妙來妙往。回東京途中，子規在奈良法隆寺旁茶店小憩時寫下名句——

柿子／入我口，鐘鳴／法隆寺……
（柿食へば鐘が鳴るなり法隆寺）

此詩靈感或許來自漱石9月時發表的一首俳句——

建長寺／鐘鳴，銀杏／紛紛落……
（鐘つけば銀杏ちるなり建長寺）

同年大晦日（12月31日），漱石與虛子同往東京根岸子規庵訪子規，令病床上的子規大喜，連寫了數首俳句，歡欣

之情躍然字句間：

> 大年三十——／青磁之瓶／插梅花！
> 大年三十，／梅花插就——／待君臨寒舍
> 大年三十——／漱石來了，／虛子也來了！

子規一生亟需友情滋潤，門生中高濱虛子與河東碧梧桐並稱「雙璧」，子規於他們亦師亦友，知交一生。1896年冬，新罹脊椎骨疽的子規在家等候虛子來訪，陣雨夜降，孤寂的子規聽在耳裡，心頭焦切浮現虛子已走在離子規庵不遠處的上野，腳步聲即將在門口響起之「虛」景：

> 入夜初冬陣雨／降，虛子料已在／上野即將到……

此詩虛實交加，頗幽微動人。唯受苦之人方知友情之貴與美。1897年冬，獲悉高徒碧梧桐染天花住院，他乃能將心比心寫出底下問慰之句：

> 時或發冷，／時或發癢，時或／想要友人到訪……

虛子曾斥資為子規在病室裡裝了煤油暖爐以及昂貴的玻璃拉門。1901年秋天，又借錢給他，子規歡喜地將之放在紅黃綠三色棉線縫成的錢包裡，從病室屋頂垂懸而下，以之訂購了好吃的料理與母親八重和妹妹律同享。對於生命即將由深秋進入寒冬的子規，這可愛的錢包彷彿紅葉斑斕的如錦秋

色，秋錦裡的錢讓他及時大快朵頤，斑斕的秋錦讓他秋實豐收之感常存：

病榻上，三色／棉線縫成的錢包／彷彿如錦秋色

1902年9月18日，死前一日的子規在妹妹律與碧梧桐幫助下，提筆書寫辭世詩，律幫忙拿著紙板，碧梧桐攙扶子規運筆。碧梧桐在其所著《子規言行錄》中如是追憶此景——

我將他筆管與筆穗皆細長的毛筆沾滿墨，幫助他用右手握住筆，突然間他在紙板中央順暢地寫下「糸瓜咲て」（絲瓜花已開），「咲て」兩字有點筆跡飛白。我又沾了墨把筆給他，他在剛才那一行字左邊稍低一點的地方寫下「痰のつまりし」（痰塞肺中）。我很好奇他接著要寫什麼，我目不轉睛地盯著，隨後他終於寫下「佛かな」（我成佛去矣），讓我心頭一驚！

子規於9月19日（陰曆8月17日）午前一時左右去世，當晚趕來的虛子，對著十七日明月寫了一句「子規逝——／陰曆十七／月明亮」（子規逝くや十七日の月明に）。夏目漱石在倫敦接獲子規訃聞後也寫了悼詩：

連一炷可獻祭的／線香也無——／暮秋時分
（手向くべき線香もなくて暮の秋）
黃霧迷濛的／市街上，／孤影飄忽……

（霧黃なる市に動くや影法師）

　　碧梧桐後來寫有一首〈懷子規居士舊事〉——「故人曾在此，／新酒一杯／睹遺物……」（故人ここに在りし遺物と新酒かな）。子規死後，虛子接棒主持《杜鵑》雜誌，一直到現在仍定期出刊，由虛子曾孫主持社務。碧梧桐則接續子規負責報紙《日本》上俳句欄的選句工作。虛子與碧梧桐這一時瑜亮的同門師兄弟，後來對俳句觀念有別，逐漸分道揚鑣。較保守的虛子延續子規「客觀寫生」說，且尊重俳句的季題與定型。較前衛的碧梧桐提倡「新傾向俳句」，接納超越季題、無定型的「自由律」。兩派雖殊途，但同在二十世紀日本俳壇引領風騷，再現子規詩歌影響。子規曾評論這對高徒，說「碧梧桐冷如水，虛子熱如火；碧梧桐視人間為無心之草木，虛子視草木為有情之人間」。

　　底下列幾首拙譯二人俳句，碧梧桐最後一句長達 26 音節（真「自由」！）——

秋風——／啊，眼見／皆俳句……
（秋風や眼中のもの皆俳句：虛子）
彼一言，／我一言——／秋深矣
（彼一語我一語秋深みかも：虛子）
紅鯉魚水中／浮：一片／落葉在鼻上
（鼻の上に落葉をのせて緋鯉浮く：虛子）
喜時洗髮，／悲時——／她也洗髮！
（喜びにつけ憂きにつけ髪洗ふ：虛子）

腳跁日本拖鞋，／踏在倫敦／春草上
（倫敦の春草を踏む我が草履：虛子）

紅茶花，／白茶花，／落下來了……
（赤い椿白い椿と落ちにけり：碧梧桐）
一旁的女子／我們袖子觸到了——／啊，粉紅桃
（女を側へ袖触るる桃：碧梧桐）
直到我打了蒼蠅，／蒼蠅拍非／蒼蠅拍
（蠅打つまで蠅叩なかりし：碧梧桐）
遠方煙火／聲響——／終歸空無
（遠花火音して何もなかりけり：碧梧桐）
沒有誰說我的臉是／死人的顏色——／徹夜蟲鳴
（我顏死に色したことを誰も云はなんだ夜の虫の音：
　碧梧桐）

六、子規生命中的女子

　　正岡子規生命中最重要的女子，當屬母親正岡八重（1845-1927）與妹妹正岡律（1870-1941）。子規六歲喪父，守寡的母親靠教授裁縫貼補家計。她與小子規三歲的律，一生的使命彷彿就只是照顧後來生病的子規。律之外，子規沒有其他兄弟姊妹。根據碧梧桐所述，子規的媽媽說子規小時候是個體弱、膽小的孩子，在外受別的孩子們欺負就逃跑回家。妹妹律從小個性活潑，每每是她替哥哥報仇，向哥哥的敵人們丟石頭。

律結過兩次婚。16歲（1885）時嫁給一位陸軍軍人，兩年後離婚；1889年又嫁給一位松山中學校教師，十個月後據說為了照顧咯血的子規再度離婚。1892年11月，與母親一起到東京與子規同住，全力照料其起居。染病的子規頗為自己四肢不勤，有勞其妹做家中粗活而歉疚、不捨——

冬籠：／吾妹一人／劈柴
我妹妹／用鋸子鋸炭——／兩手全黑

　　子規的母親愛兒、憂兒、護兒之心切與辛苦，自是不言而喻。從子規所寫的詩中，也可發現他事親至孝，雖然「體弱兒」的他有時可能心有餘而「力」不足：

天氣轉晴——／啊，是要讓我慈母／一眺富士山雪吧

　　1895年6月，子規在神戶就醫，八重由碧梧桐陪同從東京趕來看護。6月28日八重回睽違三年的松山，7月9日與碧梧桐由松山回東京，子規寫了一首「為母親要回東京而作」，祈求上天放晴兩日，讓母親一路平順——

五月連綿雨啊，／此二日／切勿下！

　　臥病難動彈的子規，生命最後幾年每須靠麻醉藥止痛方能提筆寫作或畫畫，日常作息中對其妹律依賴猶深。律有時外出辦事，遲遲未返，子規忐忑不安，既憂其安危，又盼她

這左右手、這「替身」早早回其身旁。寫於 1901 年秋的兩首俳句可以一窺此情：

初五月當空——／夜黑吾妹／歸來何其遲呀
夜寒——／與母親二人等待／吾妹

1902 年 4 月，子規死前五個月，碧梧桐趁花季最末，帶長年辛勞照料子規的八重出去賞櫻散心，妹妹律想必也同行，「左右手」俱去的子規在家焦急守候，頻頻看鐘——

母親外出／賞櫻：我留守在家／不時看鐘

1896 年春，子規左腰腫脹劇痛，3 月中診斷為脊椎骨疽並進行手術，從此行動不便，與床為伍。母親與妹妹當時也一度外出賞櫻，子規一人在家中，被突來的地震震出了這首俳句：

都賞櫻花去了／只有我一人在家／——啊，地震

有人說突遇地震的子規一定懊惱未能同行賞櫻——櫻樹上、櫻樹下，櫻花繽紛，豈不美哉？又突來地震，讓搖曳枝上或繽紛散落的櫻花更加搖曳、繽紛，簡直是至美啊，彷彿現場看一場絕無僅有的「櫻花搖滾」！我們想，初困於生命最後七年六尺病床的子規，當時一人在家，心中湧出來的就是「怕」吧——恐無餘暇想像或享受任何「可怖的美麗」

(terrible beauty)。子規一生至苦,幸賴其母其妹無私奉獻、看護,得以以病室為書齋為文學史書寫新頁,特別是其妹律。看過日劇《坂上之雲》(坂の上の雲)的人,應該都會對兩人深厚的兄妹之情印象深刻。子規去世後,律繼承家業和母親續住於子規庵,她進入女子職業學校讀書,畢業後留校當職員,而後教師。母親八重年邁生病後,律辭職在子規庵開裁縫教室,致力保存子規遺物、遺墨。八重於 1927 年以 83 歲之齡過世。1928 年,「財團法人子規庵保存會」成立,律任首任代理事長,1941 年以 72 歲之齡過世,終身未再嫁。

●

子規終身未娶,似乎也無戀人。大家都想知道他有沒有愛過誰,或被誰所愛。

1896 年他有一首「春思」或「思春」之句——「春夜——／沒有妻子的男人／讀什麼?」。他讀詩、讀歌作、讀《水滸傳》……他很好奇其他的光棍,春夜光著身子帶著棍子,都讀什麼。有妻子的男人就直接讀妻子了,說不定還「讀你千遍也不厭倦」呢。

子規在六尺病榻神遊古今,無妻,但頗喜歡「妻子」一詞,以「妻」入詩的俳句逾百首。1898 年他寫了一首冬日幽居的詩,想像積雪阻行,不便外出採買,「妻子」每天做以蔬菜、味噌、米飯等一鍋煮的雜燴粥(菜粥),吃久了她恐怕已覺厭煩。「冬籠」食單調,子規為此心疼「嬌妻」呢——

冬籠——／妻子已厭煩／雜燴粥……

1902 年 8 月，臨終前一個月，子規有一首題為「對於意外之戀的失望」的奇特之作：

　　戀秋茄子般——／啊，臥病之人／垂暮之戀……

　　此年 8 月 22 日，門人鈴木芒生、伊藤牛步到子規庵探望子規，帶來皆川丁堂和尚所藏渡邊南嶽（1767-1813）《四季草花畫卷》。子規看後甚為動心，希望和尚能將此畫卷轉讓給他，但未能如願。兩門人見子規執意擁有此畫，當日遂將其暫留子規處。子規後來在《病床六尺》裡寫了一篇以此為題材的戀愛故事。子規說他愛的姑娘名為「南嶽草花畫卷」。子規愛美。美好的美術品如美人，雖未能娶之擁之、愛撫偕老終生，能為「一夜妻」也是不淺豔福啊。

　　子規可能有一戀人。

　　1888 年夏天，22 歲的子規從第一高等中學校預科畢業，寄宿於東京墨田區向島長命寺前之櫻餅屋「月香樓」。「櫻餅」即櫻葉餅或櫻葉糕，是用櫻花葉子捲起來的豆沙餡糕點。此年子規有底下兩首櫻餅俳句：

　　薄薄的葉子裡／朱紅的滋味——／啊，櫻葉餅
　　夏天的葉子裡／春天的氣味——／啊，櫻葉餅

　　嗜好甜食的子規暑假期間在「月香樓」中勤寫《七草集》，集中「蘭之卷」有一篇漢語散文〈墨江僑居記〉，描述其月香樓生活，頗雋永有味，讓人驚嘆其漢文能力：「居十數

日，雨曉風夜，所見盡奇，所聞愈妙，獨喜所得過所期……同窗之友五六，時乘小艇訪余寓，相延上樓，當茶以櫻花湯，當菓以櫻花糕，共話墨江風致。」據說子規愛上了店主美貌的女兒阿陸（おろく：oroku）。有一說謂阿陸因時時為寄宿的子規送餐上樓，兩人相談甚歡，但 9 月後子規遷往本鄉區常盤會宿舍，此段戀情遂告終。另有一說謂子規的愛意未得佳人回報，遂閉於二樓寫作《七草集》移情。1889 年 5 月，夏目漱石以漢文發表對子規《七草集》的評論（這是他首次使用筆名漱石！），並附九首漢詩，最後一首——「長命寺中鶯餅家，當爐少女美如花，芳姿一段可憐處，別後思君紅淚加」——讀起來彷彿為櫻餅屋佳人叫屈。不管郎有情或郎無意，這段飄溢櫻餅香的夏日青春時光，日後無疑不斷重現於子規心頭。

十年後（1898）夏天某日，子規乘人力車外出訪友，傍晚時繞到隅田川邊的向島，請車夫去長命寺前櫻餅店買餅，據說後來有一老、一年輕兩女子拿著櫻餅從店裡走向在堤邊車上等候的子規。32 歲的子規此年所寫的底下這首俳句，應是對十年前那段逝水「戀情」的追憶吧——

櫻葉餅———／啊，我尋找初夏／殘餘的櫻花……

1900 年夏天他寫了一首極美、極官能，他稱作「艷麗體」的短歌，應也是對「夢中少女」阿陸與玫瑰色、玫瑰香人生的謳歌——

紅色帷幔／垂落，滿溢／玫瑰花香的／窗內——／獨眠的少女

（くれなゐのとばり垂れたる窓の内に薔薇の香満ちてひとり寐る少女）

從底下這首去世前一年（1901）所寫的俳句來看，這樣的視覺、嗅覺、味覺……子規至死恐怕都甘心臣服其間：

櫻葉餅與／草味年糕——平分了／春天的味覺

有人說子規死前一個月，阿陸小姐曾去子規庵探望子規。「月香樓」櫻餅屋裡有一子規贈送的「今戶燒」陶製月琴，上有子規寫的「月香樓」三字，琴背上也寫有各樣的字，但地震時燒毀了。

七、子規與棒球

「棒球」的英文「baseball」（ベースボール）被譯成日語「野球」（やきゅう，音yakyū），是小正岡子規三歲的他「第一高等中學校」學弟中馬庚（1870-1932）於1894年所為。1871年抵日本任教於東京開成學校的美籍賀拉斯・威爾遜（Horace Wilson），1872年時將棒球介紹給他的學生，是棒球運動在日本之始。1876年，他組織學生與住在橫濱的美國人比賽棒球，可謂日本棒球史上首次「國際賽」。子規於1886年就讀第一高等中學校期間，開始熱衷棒球。他的幼名「升」

（のぼる，音noboru）恰可寫成「野球」（の・ボール，no-boru）兩字，更加促使他成為一個狂熱的野球少年，乃至於「野球詩人」。

野球（やきゅう）譯名雖非出自其手，但不少棒球術語是子規所譯，譬如「打者」（batter）、「走者」（跑者，runner）、「直球」（straight）、「飛球」（高飛球，fly）、「四球」（四壞球，four balls），他一生也寫了不少棒球俳句和短歌。子規寫過九首棒球短歌，1898年以「棒球之歌九首」（ベースボールの歌九首）為題發表於報紙《日本》，相對地，子規早在1890年就寫了棒球俳句，爾後不同階段都持續有之。此處先譯三首子規棒球短歌：

遠在天邊的／亞美利堅人，開／風氣之先／傳入棒球，我們／永遠看不膩！
（久方のアメリカ人びとのはじめにしベースボールは見れど飽かぬかも）
一隊九人／上場爭戰九局，／長長棒球日，／暮色中／完賽……！
（九つの人九つのあらそひにベースボールの今日も暮れけり）
如今球場上／是敵隊滿壘情況——／我的心／砰砰然，快要／從胸膛迸出
（今やかの三つのベースに人満ちてそぞろに胸の打ち騒ぐかな）

第一首短歌語調頗明快，日文原作裡既用了《萬葉集》中屢出現的用以增強氛圍、往往無明確意義的古雅枕詞「久方の」，又用了「アメリカ」（America，亞美利堅）、「ベースボール」（baseball，棒球）等新鑄外來語，給人一種生動並置古今、雅俗語彙的新鮮感——這種特色在子規短歌或俳句中都具體可見。第三首短歌中顯現的（不論選手或觀眾）對爭取必勝的決心與專注，與明治時代日本人民維新強國的企圖心是相呼應的。底下依年代序列出幾首子規棒球俳句：

春風吹拂，多想在／遼闊的草地上／投球啊！（1890）
像仍不識戀愛滋味的／小貓，我們只顧著／玩棒球（1890）
接捕一顆球的／秘訣——／風中柳動……（1890）
我想在／開闊的春草地上／投球、接球……（1890）
綠草繁茂——／棒球場壘間跑道／白光閃耀（1896）
夏草——／打棒球的人／遠在彼方……（1898）
樹籬外／荒野上，他們在／打棒球（1899）
一顆棒球／滾過／蒲公英花叢……（1902）

第二首俳句「不識戀愛滋味」的比喻非常獨特，讓我們猜想子規一生單身，是不是年輕時就慣於以「瘋棒球」此類男孩們的熱情替代男女之戀？子規在球隊中據說擔任捕手位置。讀罷第三首甚富禪意的「極秘」捕球俳句，我們或才明白，球賽中不斷給投手暗號的捕手可能是一隊中的樞紐人

物。上列子規 1898 年「夏草」俳句，再度變奏了芭蕉 1689 年名句（「夏草：／戰士們／夢之遺跡……」）——夏草茂盛，戰士已死，昔日充滿鬥志的野球少年，如今也因病困隱六尺床內，退離球場，只能遠遠地耳聽，或想像，新登場的少年戰士們的競技。

子規曾以筆名「盜花人」（花ぬす人）和新海非風（1870-1901）以連作方式在 1889、1890 兩年中合寫過一本未完成的《一枝棣棠花》（山吹の一枝），是日本第一部棒球小說。學生時代的子規常與朋友們在東京上野公園練球、對陣，可說是第一代日本棒球選手。死後百年（2002），他進入日本野球殿堂（棒球名人堂），東京巨蛋內「野球殿堂博物館」展有其側面像與「棒球之歌九首」。2006 年，上野公園中也設立了一座正岡子規紀念球場。

八、從「俳句」到「現代俳句」

正岡子規自許為俳句的革新者，許多西方學者也視子規為日本「現代俳句」的奠基者。誠然不虛。從「俳句」到「現代俳句」經歷了一些變化，經歷了俳句史或詩歌史上先前未有的一些變化，但這絕不意謂著詩歌史上只有這一段變化，或者只有正岡子規追求或帶來變化。當松尾芭蕉在十七世紀提出「不易、流行」之說，說「有志於正風俳道者，不迷於世間得失是非……應以天地為尊，不忘萬物山川草木人倫之本情，而當與飛花落葉遊。遊於其姿時，道通古今，不失不易之理，行於流行之變」之時，他已經告訴我們：不易＝不

變（萬代之不易），流行＝變（一時之變化），合起來就是「變＋不變」、「有所變有所不變」，這是古往今來詩歌最簡單的真相。我們在〈八叫芭蕉〉一文中曾闡述說「不變的是古往今來詩人求新求變之心，是詩之能感人、動人所需之一切不變元素。變的是與時俱進，代代詩人求新求變之姿。」所以唐朝的「近體詩」當然就是唐朝的「現代詩」，20、21世紀的中文「現代詩」當然就一如唐朝的「近體詩」。詩無古今，東、西方皆同。山川異域／異時，美學／詩秘如一。

　　「俳諧」兩字互伴，彰顯或暗示「展現幽默／趣味」、「搞怪／製造驚奇」可能是俳句（或詩歌）的本質或精神。而我們要問，能夠多搞怪，能夠翻新、創新到什麼程度？多年來我們持續進行的日本俳句、短歌中譯之旅，於今看起來就是上天好心安排、為讓我們略知其中一、二之秘的學習之旅。2018年2月6日深夜，當我們譯妥捷克諾獎詩人賽弗爾特（Jaroslav Seifert）的詩選，寫好導讀，準備以其詩句「我求瞬間即逝的短暫喜悅」做文章標題時，忽然間屋宇劇烈搖晃，發生了此生我們在花蓮所遇最強的地震，瞬間家中書籍、音響、唱片倒塌，差一點堵住我們的出路，市區數棟大樓崩塌，多人遭埋。連日餘震超過三百次，我們開著車四處遊蕩，等驚魂稍定回到家辛苦重整「廢墟」，讓眾多唱片勉強歸位，順手播放先前一直忘了放在哪裡的普賽爾（Henry Purcell）CD，聽到〈Music for a While〉這首歌從喇叭中傳出時，我們哭了：「Music for a while／Shall all your cares beguile.／Wond'ring how your pains were eas'd／And disdaining to be pleas'd...」（片刻的音樂／將讓一切憂慮暫別。

／詫異何以痛苦減輕，／不敢輕信這愉悅的感覺……）啊，普賽爾，詩人的最知音，短短幾行，一唱三嘆，彷彿彗星般流瀉自外太空，絕頂迷人的仙樂……我們忽然想到多年前譯的一首小林一茶俳句——「在盛開的／櫻花樹下，沒有人／是異鄉客」，慈悲而美的詩與音樂，像燦開的櫻花般即刻把我們浮印、安置於美的共和國溫柔的護照上，再無流離失所異鄉之感。我們意外地決定補做功課，動手繼續閱讀、翻譯一茶，而後芭蕉……結果是，從2018年11月起陸續結集出版了《小林一茶俳句選》，《松尾芭蕉俳句選》，《夕顏：日本短歌選》，《與謝蕪村俳句選》，《古今和歌集選》，《千代尼俳句選》……我們很想暫停一下，但似乎不能，似乎被附身了，被「詩靈」附身了，要我們好好跑這一棒，完成古往今來詩歌「家庭之旅」接力賽跑這一小段路的任務。我們不敢不從，勉力為之，於2021年完成了《正岡子規俳句400首》譯事，又於2025年擴充為眼前《正岡子規俳句500首》此集。

1993年10月，陳黎在台灣出版了一本《小宇宙：現代俳句一百首》。此次選譯正岡子規俳句過程中，意外回顧、確認了陳黎《小宇宙》最前面三首俳句，應都是受子規之作所啟動（難怪叫「現代俳句」！）——

他刷洗他的遙控器／用兩棟大樓之間／滲透出的月光
（小宇宙：第1首）
我倦欲眠：／輕聲些／如果你打電動
（小宇宙：第2首）

現代情詩三千首：／賓館裡／沒有真實主人的同樣的鑰匙
(小宇宙：第3首)

他洗馬，／用秋日海上的／落日
(夕陽に馬洗ひけり秋の海：子規 1893)
我倦欲眠／輕聲些／如果你打蒼蠅
(眠らんとす汝静に蠅を打て：子規 1897)
閱三千俳句：／啊，兩顆／柿子
(三千の俳句を閲し柿二つ：子規 1897)

波蘭女詩人辛波絲卡在 1996 年諾貝爾文學獎得獎辭中說，太陽底下沒有新鮮事，但詩人自己就是誕生於太陽底下的新鮮事，他所創作的詩也是太陽底下的新鮮事，因為在他之前無人寫過；他所有的讀者也是太陽底下的新鮮事，因為在他之前的人無法閱讀到他的詩。李白寫作了在他之前無人寫過的詩，李賀寫作了在他之前無人寫過的詩，芭蕉寫作了在他之前無人寫過的詩，子規寫作了在他之前無人寫過的詩，辛波絲卡寫作了在她之前無人寫過的詩……

從「俳句」到「現代俳句」，啊，原來就是這麼一回事！

*

這本拙譯《夏月流銀：正岡子規俳句 500 首》裡的俳句文本、創作年代、排列順序，主要參照松山市立「子規紀念博物館」裡子規俳句檢索庫中的資料，並參考連「別卷」共

25卷的「講談社」版《子規全集》中,加起來厚逾兩千頁的《第一卷:俳句》(1975)、《第二卷:俳句》(1975)、《第三卷:俳句》(1977)此三冊書。

正岡子規俳句選

（500首）

001
　　山路草間，
　　一隻蟋蟀
　　正安眠

☆山路の草間に眠るきりぎりす（1878-1882）

yamamichi no / kusama ni nemuru / kirigirisu

譯註：此首俳句，據推斷，為正岡子規十二歲至十六歲間之作。相當「寫生」。「きりぎりす」（kirigirisu），即「蟋蟀」。

002
　　樹枝被修剪了，
　　曙光早早地
　　造訪我的小窗

☆木をつみて夜の明やすき小窓かな（1885）

ki o tsumite / yoru no akeyasuki / komado kana

譯註：此詩寫於明治18年（1885）夏，為正岡子規十九歲之作。「つみて」（摘みて：tsumite），修剪之意。

003

　　青竹簾後，
　　少女
　　輕搖團扇

☆小娘の団扇つかふや青簾（1885）

komusume no / uchiwa tsukau ya / aosudare

譯註：「つかふ」（使ふ：tsukau），搧動、搖動。

004

　　初雪——
　　啊，無處藏
　　馬糞

☆初雪やかくれおほせぬ馬の糞（1885）

hatsuyuki ya / kakureōsenu / uma no kuso

譯註：「初雪」（hatsuyuki），入冬後第一場雪；「かくれおほせぬ」（隠れ遂せぬ：kakureōsenu），「無法隱藏起來」之意，「ぬ」（nu）表示否定。

005
  今晨雪
  白——搞不明白
  白貓去向

☆白猫の行衛わからず雪の朝（1885）

shironeko no / yukue wakarazu / yuki no asa

譯註：「行衛」（ゆくえ：yukue），行蹤；「わからず」（分からず／解らず：wakarazu），不明白、不清楚，「ず」（zu）表示否定。

006
  下雪天——
  白貓在屋頂，
  只聞其聲

☆雪ふりや棟の白猫聲ばかり（1885）

yukifuri ya / mune no shironeko / koe bakari

譯註：「雪ふり」（雪降り：yukifuri），降雪、下雪；「棟」（mune），屋脊、屋頂；「ばかり」（許り：bakari），僅、只。

007

　　八重櫻──
　　一重
　　一重散……

☆一重づつ一重づつ散れ八重桜（1886）

hitoezutsu / hitoezutsu chire / yaezakura

譯註：八重櫻，重瓣櫻花之謂也。「散れ」（chire），散落、凋謝。此詩也可譯為「八重櫻散落／風中，一重一重／一瓣一瓣……」。

008

　　晨鐘響──
　　群花聞聲
　　爭露臉

☆さく花もつきいだしけりあけの鐘（1886）

saku hana mo / tsukiidashikeri / akenokane

譯註：原詩可作「咲く花も／突き出しけり／明けの鐘」。「さく花」（咲く花：saku hana），綻放的花；「つきいだし」（突き出し：tsukiidashi），意為「推出去」，指花猛然綻放而出，也呼應後面鐘聲的撞響、迴盪；「あけの鐘」（明けの鐘：akenokane），晨鐘，黎明時分響起的鐘聲。本詩直譯大致為「晨鐘響徹時，群花亦迸綻！」。

009

和紛飛的櫻花
糾纏不清——
啊,鳥的翅膀

☆ちる花にもつるる鳥の翼かな(1887)

chiru hana ni / motsururu tori no / tsubasa kana

譯註:原詩可作「散る花に/縺るる鳥の/翼哉」。「ちる花」(散る花:chiru hana),散落的花;「もつるる」(縺るる:motsururu),纏繞、糾纏。

010

中秋圓月
出——銀色
芒草花震顫……

☆名月の出るやゆらめく花薄(1887)

meigetsu no / deru ya yurameku / hanasusuki

譯註:原詩可作「名月の/出る揺らめく/花薄」。「ゆらめく」(揺らめく:yurameku),搖曳、顫動;「花薄」(hanasusuki),開了花(出了穗)的芒草。

011

    穿過野地

    蟲鳴聲,我踏出

    一條小路

☆虫の音を踏み分け行くや野の小道(1887)

mushi no ne o / fumiwake yuku ya / no no komichi

譯註:此詩為正岡子規第一首鉛印發表的俳句。明治 20 年(1887)8 月,刊於大原其戎(1812-1889)主編的俳誌《真砂の志良辺》。

012

    野地裡的

    綠,被搗製成

    草味年糕

☆野のみとり搗込にけり草の餅(1888)

no no midori / tsukikomi nikeri / kusanomochi

譯註:原詩可作「野の綠/搗込にけり/草の餅」。原詩中的「みとり」即「みどり」(midori),綠;「草の餅」(kusanomochi),亦稱「草餅」,即艾糕,草味年糕。

013

　　薄薄的葉子裡

　　朱紅的滋味——

　　啊，櫻葉餅

☆薄き葉の中に朱味や桜餅（1888）

usuki ha no / naka ni shu aji ya / sakuramochi

譯註：「桜餅」（sakuramochi），櫻葉餅，或稱櫻葉糕，用櫻花的葉子捲起來的豆沙餡糕點。

014

　　梅雨期間

　　放晴——處處

　　蟻路蜿蜒

☆梅雨晴やところどころに蟻の道（1888）

tsuyubare ya / tokorodokoro ni / arinomichi

譯註：原詩可作「梅雨晴や／処処に／蟻の道」。「ところどころ」（所所／処処：tokorodokoro），處處、到處；「蟻の道」（arinomichi），蟻路，螞蟻取食時行走的線路。

015

　　夏天的葉子裡

　　春天的氣味──

　　啊，櫻葉餅

☆夏の葉に春の匂ひやさくら餅（1888）

natsu no ha ni / haru no nioi ya /sakuramochi

譯註：原詩可作「夏の葉に／春の匂ひや／桜餅」。「さくら餅」（sakuramochi）即「桜餅」，櫻葉餅。

016

　　樹葉們

　　緊抓著晚秋

　　抵抗風……

☆行く秋にしがみついたる木の葉哉（1888）

yuku aki ni / shigamitsuitaru / konoha kana

譯註：「しがみついたる」（しがみ付いたる：shigamitsuitaru），緊緊抓住之意。

017

芭蕉光影
映紙門——
綠意浮動

☆青々と障子にうつるばせを哉（1888）

aoao to / shōji ni utsuru / bashō kana

譯註：原詩可作「青青と／障子に映る／芭蕉哉」。「障子」（shōji），紙拉門；「うつる」（映る：utsuru），映現；「ばせを」（芭蕉：bashō），芭蕉，植物名。

018

公園梅香的
配送——
由風向決定

☆公園の梅か香くはる風のむき（1889）

kōen no / umegaka kubaru / kaze no muki

譯註：原詩可作「公園の／梅か香配る／風の向き」。「梅か香」（梅が香：umegaka），梅香；「くはる」（くばる／配る：kubaru），分送、配送；「むき」（向き：muki），方向。

019

它衝著水晶花
而來嗎——
那杜鵑鳥?

☆卯の花をめかけてきたかほととぎす(1889)
unohana o / megakete kita ka / hototogisu

譯註:原詩可作「卯の花を／目掛け来たか／時鳥」。「卯の花」(unohana),即水晶花,開白色花;「めかけて」即「めがけて」(目掛け:megakete),以…為目標,朝著…而來;「ほととぎす」即「ほととぎす」(時鳥／郭公:hototogisu),即布穀鳥、杜鵑鳥或子規。1889年5月9日晚上,二十三歲的正岡子規在東京寄宿的宿舍裡突然大咯血,後被診斷為肺結核。是夜他寫了寫了四、五十首以「時鳥」為題的俳句(此首及下首譯詩即是),並以「杜鵑啼血」之典改筆名為「子規」。與他同年的好友夏目漱石(1867-1916),5月13日去醫院探望子規後寫了一封信鼓舞他,並以英文「to live is the sole end of man!」(活著是人生唯一目的!)為前書附上兩首俳句——「我回去了,要笑,不要哭啊,／杜鵑鳥」(帰ろふと泣かず笑へ時鳥),以及「無人期待／聞你啼叫、啼血啊,／子規……」(聞かふとて誰も待たぬに時鳥)。

020

　　要啼到水晶花
　　都謝了才
　　停嗎，杜鵑鳥？

☆卯の花の散るまで鳴くか子規（1889）

unohana no / chiru made naku ka / hototogisu

譯註：「まで」（迄：made），直到、為止。日文原詩中的「子規」（ほととぎす：hototogisu），既可指布穀鳥、杜鵑鳥，也可指正岡「子規」（しき：shiki）自己。但依俳句 5-7-5 音節格式度之，當解作發音佔五音節的鳥。

021

　　那很熟練地
　　跳到蓮葉上的
　　青蛙——多得意啊

☆蓮の葉にうまくのったる蛙哉（1889）

hasu no ha ni / umaku nottaru / kawazu kana

譯註：原詩可作「蓮の葉に／甘く乗ったる／蛙哉」。「うまく」（旨く／甘く：umaku）：巧妙、高明；「のったる」（乗ったる：nottaru），乘上了、跳上了。

022

　　雪上足印？
　　一定是去酒屋
　　或豆腐屋

☆雪の跡さては酒屋か豆腐屋か（1889）

yuki no ato / sateha sakaya ka / tōfuya ka

譯註：「さては」（sateha），「那麼一定是」之意。小林一茶1821年有一首寫大雪罩籠、封鎖下的冬日生活俳句，可做為參照——「冬籠——以／豆腐屋以酒屋／為　防空洞」（とふふ屋と酒屋の間を冬籠）。

023

春風吹拂,多想在
遼闊的草地上
投球啊!

☆春風やまりを投げたき草の原(1890)

harukaze ya / mari o nagetaki / kusa no hara

譯註:原詩可作「春風や/鞠を投げたき/草の原」。「まり」(鞠:mari),球之意;「投げたき」(nagetaki),「想要投球」之意,「たき」(taki)表示強烈的願望。正岡子規深懷「野球詩情」,是日本最具代表性的「野球詩人」,讀東京第一高等中學校時就是一名熱愛棒球的「野球少年」,一生寫了不少首棒球俳句。本書所譯第24、26、27、316、388、424、480首皆是。

024

> 像仍不識戀愛滋味的
> 小貓，我們只顧著
> 玩棒球

☆恋知らぬ猫のふり也球あそび（1890）

koi shiranu / neko no furi nari / tama asobi

譯註：原詩可作「恋知らぬ／猫の振り也／球遊び」。「知らぬ」（shiranu），不知、不識，「ぬ」（nu）表示否定；「ふり」（振り：furi），裝作、佯裝；「あそび」（遊び：asobi），玩。

025

> 行雲，
> 吸霧——雲雀
> 高高飛

☆雲をふみ霞を吸ふや揚雲雀（1890）

kumo o fumi / kasumi o sū ya / agehibari

譯註：原詩可作「雲を踏み／霞を吸ふや／揚雲雀」。「ふみ」（踏み：fumi），踩踏；「霞」（kasumi），即霧；「揚雲雀」（揚げ雲雀：agehibari），高飛的雲雀。

026

　　接捕一顆球的
　　秘訣——
　　風中柳動……

☆球うける極秘は風の柳哉（1890）

tama ukeru / gokuhi wa kaze no / yanagi kana

譯註：原詩可作「球受ける／極秘は風の／柳哉」。「うける」（受ける：ukeru），接受、接捕；「極秘」（gokuhi），絕密、秘訣、最高機密。正岡子規在棒球隊中據說擔任的是捕手的位置。我們都清楚看到棒球投手的重要性，但捕手更是比賽進行時一隊的樞紐人物，投手投球都須接受捕手敏思、快思後給出的暗號，球投出後靈巧接捕住它的瞬間，如柳樹受風輕顫。此處這首「極秘」捕球俳句，頗富禪意。

027

　　我想在
　　開闊的春草地上
　　投球、接球……

☆まり投げて見たき広場や春の草（1890）

mari nagete / mitaki hiroba ya / haru no kusa

譯註：原詩可作「鞠投げて／見たき広場や／春の草」。「まり」（鞠：mari），球；「広場」（hiroba），開闊的場所。

028

　　溫泉洗罷，來
　　一份三津的醋拌
　　生魚絲下酒吧

☆温泉上りに三津の肴のなます哉（1890）

yuagari ni / mitsu no sakana no / namasu kana

譯註：「温泉上りに／三津の肴の／膾哉」。「温泉上り」（湯上り：yuagari），指泡完溫泉後從浴池起身；「肴」（sakana），酒肴、下酒菜；「なます」（膾，namasu），醋拌生魚絲，指將生的魚貝肉切成絲後，用醋泡過的菜。此詩中的溫泉是子規家鄉松山有名的道後溫泉，鄰近的三津濱地區則以海鮮料理知名。

029

　　草上的露珠──
　　也會變成
　　螢火蟲嗎？

☆草の露これも蛍になるやらん（1890）

kusa no tsuyu / kore mo hotaru ni / naru yaran

譯註：原詩可作「草の露／此れも蛍に／成るやらん」。「これも」（此れも：kore mo），這也、這個也；「なる」（成る：naru），變成；「やらん」（yaran），帶有推測或疑問語氣的助詞。

030

　　妙哉妙哉──
　　牽牛花
　　任性開

☆朝顔や気儘に咲いておもしろき（1890）

asagao ya / kimama ni saite / omoshiroki

譯註：原詩可作「朝顔や／気儘に咲いて／面白き」。「気儘」（kimama），隨心所欲、任性；「咲いて」（saite），綻放；「おもしろき」（面白き：omoshiroki），有趣、令人愉悅。

031

　　新春一盆
　　福壽草，夫婦
　　兩人笑呵呵

☆ふふと笑ふ夫婦二人や福壽草（1891）

fufu to warau / fūfu futari ya / fukujusō

譯註：原詩可作「浮浮と笑ふ／夫婦二人や／福壽草」。「福壽草」（fukujusō），又稱「側金盞花」，日本人新年期間以其為盆栽做為裝飾物。此句日文原詩中，有六個「fu」音，讀起來甚具喜感、「福壽」（fufuju）感。「ふふ」（浮浮：fufu，與「夫婦」諧音），形容喜笑顏開。

032

　　蝴蝶啊，
　　我願隨你到
　　任何地方！

☆てふてふや汝とならはどこまでも（1891）

chōchō ya / nanji to naraba / dokomademo

譯註：原詩可作「蝶蝶や／汝とならば／何処までも」。「てふてふ」（蝶蝶：chōchō），蝴蝶；「汝とならば」（nanji to naraba），如果能與你為伴；「どこまでも」（何処までも：dokomademo），無論到何處皆可。

033

　　欲將自己
　　託付給蝴蝶
　　做旅途伴！

☆道づれは胡蝶をたのむ旅路哉（1891）

michizure wa / kochō o tanomu / tabiji kana

譯註：原詩可作「道連れは／胡蝶を頼む／旅路哉」。「道づれ」（道連れ：michizure），同行者、旅伴；「たのむ」（頼む：tanomu），依賴、依恃，指將自己託付給蝴蝶。

034

  布穀鳥鳴唱,
  啊,群山
  淡綠、淡青色交溶

☆山々は萌黄浅黄やほととぎす(1891)

yamayama wa / moegi asagi ya / hototogisu

譯註:原詩可作「山山は/萌黄浅黄や/時鳥」。「萌黄」,同「萌葱」(moegi),淡綠色;「浅黄」,同「浅葱」(asagi),淡青色;「時鳥」(hototogisu),即布穀鳥、杜鵑鳥。

035

  一座座岩壁
  一道道裂縫——
  一朵朵山杜鵑……

☆岩々のわれめわれめや山つつじ(1891)

iwaiwa no / wareme wareme ya / yamatsutsuji

譯註:原詩可作「岩岩の/割れ目割れ目や/山躑躅」。「われめ」(割れ目:wareme),裂縫,裂隙;「山つつじ」(山躑躅:yamatsutsuji),山杜鵑。本詩亦可譯為「每一岩石裂縫間,啊,山杜鵑燦開」。

036

　　紫陽花開──
　　坍塌的牆上
　　飛雨猛擊

☆紫陽花や壁のくづれをしぶく雨（1891）

ajisai ya / kabe no kuzure o / shibuku ame

譯註：原詩可作「紫陽花や／壁の崩れを／重吹く雨」。「くづれ」（くずれ／崩れ：kuzure），崩塌；「しぶく」（繁吹く／重吹く：shibuku），風雨齊降，飛濺。

037

　　秋暮──
　　稻草人彷彿在說
　　它也寂寞

☆案山子物言て猶淋しぞ秋の暮（1891）

kakashi monoitte / nao sabishi zo / aki no kure

譯註：「案山子」（kagashi），稻草人；「物言て」（物言って：monoitte），意指「彷彿在說」。此詩為不合 5-7-5、十七音節俳句常規的「破調」句或自由句。

038

彷彿揹負
夕陽──行腳僧高高的身軀
在枯野上

☆夕日負ふ六部背高き枯野かな（1891）

yūhi ou / rokubu seitakaki / kareno kana

譯註:「六部」（rokubu），揹負著《法華經》四處巡禮的行腳僧、雲遊僧;「背高き」（seitakaki），身材高的、背脊高聳的。

039

月色朦朧，
牛棚裡的牛
哞哞叫……

☆牛部屋に牛のうなりや朧月（1892）

ushibeya ni / ushi no unari ya / oborozuki

譯註：原詩可作「牛部屋に／牛の唸りや／朧月」。「牛部屋」（ushibeya），牛棚;「うなり」（唸り：unari），發鳴嗚聲、呻吟聲或轟鳴聲。

040

 關門後,出來——
 結果成為聽
 青蛙開演唱會

☆門しめに出て聞て居る蛙かな(1892)

mon shime ni / dete kiite iru / kawazu kana

譯註:原詩可作「門閉めに／出て聞て居る／蛙哉」。「しめ」(閉め:shime),關、閉。

041

 小香魚,兵分
 兩路,奮力
 逆流而上……

☆若鮎の二手になりて上りけり(1892)

wakaayu no / futate ni narite / noborikeri

譯註:此詩有前書「石手川出合渡」——指子規家鄉松山市內的重信川與郊外的石手川兩川的合流點。春天時,生命力旺盛的「若鮎」(wakaayu:小鯰魚、小香魚)在此分兩路溯流而上。此詩鮮明可愛,河水的透明感與小香魚的躍動感躍然其間。「二手」(futate),分為兩股、兩路;「なりて」(成りて:narite),成為;「上りけり」(noborikeri),逆流而上之意。

042

　　本以為尚未
　　綻放——抬眼,
　　梅花已燦開!

☆まだ咲いてゐまいと見れば梅の花(1892)
mada saite / imai to mireba / ume no hana

譯註:原詩可作「未だ咲いて／居まいと見れば／梅の花」。「まだ」(未だ:mada),仍舊、尚;「咲いて」(saite),綻放;「ゐまい」(居まい:imai),表示否定的推測,即「應該尚未(綻放)吧」之意;「見れば」(mireba),當我看的時候。

043

　　散
　　花美勝
　　殘花……

☆散る花は散らぬ花より美しき(1892)
chiru hana wa / chiranu hana yori / utsukushiki

譯註:「散る花」(chiru hana),散花,散落之花;「散らぬ花」(chiranu hana),殘花,殘留枝上尚未散落之花;「より」(yori),表示比較,比…更…。江戶時代歌人、俳人良寬(1758-1831)有一俳句「落櫻,／殘櫻,／皆落櫻……」(散る桜残る桜も散る桜:chiru sakura / nokoru sakura mo / chiru sakura),可對照讀之。

044

　　茶屋酒屋
　　兩無，欣見
　　繁花一樹

☆茶屋もなく酒屋も見えず花一木（1892）
chaya mo naku / sakaya mo miezu / hana hitoki

譯註：原詩可作「茶屋も無く／酒屋も見えず／花一木」。「なく」（無く：naku），無；「見えず」（miezu），不見、未見；「一木」（hitoki），一株、一樹。

045

　　大佛全身涼爽——
　　啊，它沒有
　　大腸小腸糾纏

☆大仏に腸のなき涼しさよ（1892）
daibutsu ni / harawata no naki / suzushisa yo

譯註：原詩可作「大仏に／腸の無き／涼しさよ」。

046

夏月流銀——
打烊後的魚市場
魚鱗四散

☆鱗ちる雜魚場のあとや夏の月（1892）

uroko chiru / zakoba no ato ya / natsu no tsuki

譯註：原詩可作「鱗散る／雜魚場の後や／夏の月」。「ちる」（散る：chiru），散落；「雜魚場」（zakoba），魚市；「あと」（後／跡：ato），有「之後」與「餘跡」之意。

047

暮色未盡——
白帆上
夏月銀白

☆暮れきらぬ白帆に白し夏の月（1892）

kurekiranu / shiraho ni shiroshi / natsu no tsuki

譯註：「暮れきらぬ」（kurekiranu），尚未完全暮黑，天色漸暗、尚未全黑之意。

048

　　金太郎來喝，
　　　熊也來喝——
　　啊，清水

☆金時も熊も来てのむ清水哉（1892）

kintoki mo / kuma mo kite nomu / shimizu kana

譯註：原詩可作「金時も／熊も来て飲む／清水哉」。此詩頗富童話色彩。「金時」（kintoki），即坂田金時，是日本傳說中的大力「怪童」，體胖面紅，幼名金太郎，生長於神奈川縣足柄山中，與動物為友，與熊相撲。「のむ」（飲む：nomu），喝。

049

　　在我手掌中，
　　　一道冷光迸出——
　　啊，螢火蟲

☆手のうらに蛍つめたき光哉（1892）

tenoura ni / hotaru tsumetaki / hikari kana

譯註：原詩可作「手の裏／蛍冷たき／光哉」。「手のうら」（手の裏：tenoura），手掌；「つめたき」（冷たき：tsumetaki），冷的。

050

古池──
蟬殼
顛倒浮……

☆古池やさかさに浮ふ蝉のから（1892）

furuike ya / sakasa ni ukabu / semi no kara

譯註：原詩可作「古池や／逆さに浮ふ／蝉の殻」。「さかさ」（逆さ：sakasa），顛倒；「から」（殻：kara），殼。

051

討厭的蒼蠅！
想打它時
它偏不靠近

☆蠅憎し打つ気になればよりつかず（1892）

hae nikushi / utsu ki ni nareba / yoritsukazu

譯註：原詩可作「蠅憎し／打つ気に生れば／寄り付かず」。「気」（ki），心意、念頭；「なれば」（生れば／成れば：nareba）表示「一旦生出（此念）時」；「よりつかず」（寄り付かず：yoritsukazu），卻不靠近，「ず」（zu）是表示否定的助動詞。

052

　　終夜苦盼伊人
　　抱，可嘆形銷骨立
　　貼身唯蚊蚤

☆蚤と蚊に一夜やせたる思ひ哉（1892）
nomi to ka ni / hitoyo yasetaru / omoi kana

譯註：原詩可作「蚤と蚊に／一夜瘦せたる／思ひ哉」。此詩有前書「待戀」，「等待戀人」之意。終夜思念、等候情人到來而未果，唯一有成果的怕只是身上蚤、蚊咬的痕跡。「やせたる」（瘦せたる：yasetaru），消瘦。

053

　　在老牆壁一角
　　靜止不動──
　　一隻懷孕的蜘蛛

☆古壁の隅に動かずはらみ蜘（1892）
furukabe no / sumi ni ugokazu / harami kumo

譯註：原詩可作「古壁の／隅に動かず／孕らみ蜘」。「動かず」（ugokazu），不動、靜止，「ず」（zu）表示否定；「孕らみ」（harami），懷孕。

87

054

　　終日獨釣
　　秋風中——啊,他
　　所釣為何?

☆秋風の一日何を釣る人ぞ(1892)

akikaze no / ichinichi nani o / tsuru hito zo

譯註:日文原詩末的「ぞ」(zo)是表示強調、加強疑問語氣的終助詞。「孤舟蓑笠翁,獨釣寒江雪」(柳宗元)——秋風中那人,所釣為何?

055

　　旅行秋風中——
　　　一程一程又
　　　一程

☆旅の旅又その旅の秋の風(1892)

tabi no tabi / mata sono tabi no / aki no kaze

譯註:此詩有前書「首途」——「在路上」之意。原詩可作「旅の旅/又其の旅の/秋の風」。「その」(其の:sono),其、那個。

056

秋風起——
天狗笑
天狗泣

☆天狗泣き天狗笑ふや秋の風（1892）

tengu naki / tengu warau ya / aki no kaze

譯註：「天狗」（tengu），傳說中住在深山，具有飛天神力的高鼻子怪物。秋風起，讓人感覺多變的天候如喜怒不定的天狗。

057

颱風猛烈
一條蛇從高高的
石崖上跌下

☆蛇落つる高石かけの野分哉（1892）

hebi otsuru / takaishi kake no / nowaki kana

譯註：「野分」（nowaki），狂風、颱風。詩中「高石かけ」（takaishi kake），字面上之意殆為「高高的石崖」，但高濱虛子在1946年出版的《子規句解》中說此為專有名詞。他說坐落於松山市中心高山頂的「松山城」，其北麓有一座監獄，被高濱虛子他們稱作「高石かけ」（takaishi kake），顧名思義，它可能就建於高聳的石崖上，那是一個陰涼的地方，附近蛇很多，颱風來時蛇會從那兒掉落下來。

058
>   採蘑菇——
>   我的聲音
>   化成了風……

☆我聲の風になりけり茸狩（1892）

waga koe no / kaze ni narikeri / kinokogari

譯註：原詩可作「我聲の／風に成りけり／茸狩」。「風になりけり」（風に成りけり：kaze ni narikeri），化成了風；「茸狩」（kinokogari），採蘑菇。

059
>   千山
>   紅葉，一溪
>   細流

☆千山の紅葉一すぢの流れ哉（1892）

senzan no / momiji hitosuji no / nagare kana

譯註：原詩可作「千山の／紅葉一筋の／流れ哉」。「一すぢ」（一筋／一条：hitosuji），一條。

060

　　木屐箱

　　深處——蟋蟀

　　唧唧鳴

☆下駄箱の奥になきけりきりきりす（1892）

getabako no / oku ni nakikeri / kiirigirisu

譯註：原詩可作「下駄箱の／奥に鳴きけり／蟋蟀」。「下駄箱」（getabako），木屐箱、鞋櫃；「奥」（oku），裡頭、深處；「なきけり」（鳴きけり：nakikeri），鳴叫；「きりきりす」即「きりぎりす」（kiirigirisu），蟋蟀。

061

　　寒風中

　　鍋子吱吱嘎嘎

　　自在作響

☆凩や自在に釜のきしる音（1892）

kogarashi ya / jizai ni kama no / kishiru oto

譯註：原詩可作「凩や／自在に釜の／軋る音」。「凩」（木枯し：kogarashi），秋末冬日寒風；「釜」（jizai），鍋子；「きしる」（軋る：kishiru），吱嘎作響聲。

062

  天氣轉晴——
  啊,是要讓我慈母
  一眺富士山雪吧

☆母樣に見よとて晴れしふじの雪(1892)

hahasama ni / miyo tote hareshi / fuji no yuki

譯註:原詩可作「母樣に/見よとて晴れし/富士の雪」。「とて」(tote),表示「想要」、「為了」的接續助詞;「ふじ」(富士:fuji),富士山。

063

  十一位騎士
  面向大風雪
  頭也不回

☆十一騎面もふらぬ吹雪かな(1892)

jūichiki / omote mo furanu / fubuki kana

譯註:原詩可作「十一騎/面も振らぬ/吹雪哉」。「面」(omote),臉;「ふらぬ」(振らぬ:furanu),不轉動,「ぬ」(nu)表示否定——「面も振らぬ」(omote mo furanu),意即臉也不轉動、頭也不回;「吹雪」(fubuki),暴風雪。此詩讓人想起與謝蕪村1768年所寫俳句——「逆狂風而馳——/五六名騎兵/急奔鳥羽殿」(鳥羽殿へ五六騎いそぐ野分哉),頗有「武士劇」電影的畫面感。

064

　　漆黑
　　杉林——
　　寒月照

☆眞黒な杉の林や寒の月（1892）
makkurona / sugi no hayashi ya / kan no tsuki
譯註：「眞黒な」（makkurona），黝黑的、漆黑的。

065

　　啊，松樹、杉樹
　　——枯野中的
　　不動堂

☆松杉や枯野の中の不動堂（1892）
matsu sugi ya / kareno no naka no / fudōdō

譯註：「不動堂」（fudōdō），或稱不動明王堂。不動明王是保護佛教的五大明王之一，在日本宗教歷史中極為重要。不動堂也可解作「堅定不動、不凋的廟堂」。

066

貓老矣，
被爐邊賴著
連老鼠也不捉了

☆猫老て鼠もとらず置火燵（1892）

neko oite / nezumi mo torazu / okigotatsu

譯註：原詩可作「猫老て／鼠も捕らず／置火燵」。「とらず」（捕らず：torazu），不捕、不捉，「ず」（zu）表示否定；「置火燵」（okigotatsu），被爐、暖爐。

067

冬籠
——日記
錄夢

☆冬籠日記に夢を書きつける（1892）

fuyukomori / nikki ni yume o / kakitsukeru

譯註：「冬籠」（fuyukomori），冬日閉居、幽居，指冬日下雪或天寒時，長時間避居屋內不出門；「書きつける」（kakitsukeru），書寫下來。

068

夜吃烤蕃薯，
耳聞千鳥
吱吱鳴

☆燒芋をくひくひ千鳥きく夜哉（1892）

yakiimo o / kuikui chidori / kiku yo kana

譯註：「くひ」（喰ひ／食ひ：kui）意為「吃」，「くひくひ」（kuikui）既表示反覆啃食，也是形容咀嚼聲、鳥鳴聲的擬聲詞；「千鳥」（chidori），中文名為「珩」之鳥，身體小，嘴短而直，只有前趾；「きく」（聞く：kiku），聽見。

069

去年的夢
到今年——啊元旦
才醒

☆去年の夢さめて今年のうつつ哉（1893）

kozo no yume / samete kotoshi no / utsutsu kana

譯註：原詩可作「去年の夢／覚めて今年の／現哉」。此詩寫於1893年元旦，直譯大致為「去年之夢醒，迎來今年的現實」——昨夜除夕（大晦日）入睡做夢，夢醒，已是一月一日，新的一年！「さめて」（覚めて：samete），醒來；「うつつ」（現：utsutsu），現實。

070

　　全民之春──
　　同胞
　　三千九百萬

☆民の春同胞三千九百萬（1893）

tami no haru / dōhō sanzen / kuhyaku man

譯註：此詩寫於1893年新春，幾乎全由漢字構成，彷彿一幅春聯。

071

　　幽幽春夜中，
　　熒熒小燈籠
　　破暗奔

☆春の夜やくらがり走る小提灯（1893）

haru no yo ya / kuragari hashiru / kochōchin

譯註：原詩可作「春の夜や／暗がり走る／小提灯」。「くらがり」（暗がり：kuragari），黑暗、暗處；「走る」（hashiru），奔跑、急行。

072
  春日──
  大佛也
  昏昏欲睡

☆大仏のうつらうつらと春日哉（1893）
daibutsu no / utsurautsura to / haruhi kana

譯註：「うつらうつら」（utsurautsura），表示恍恍惚惚、昏昏欲睡的擬態語。

073
  熄滅
  紙燈籠，為看
  朦朧月

☆行燈の火を消して見ん朧月（1893）
andon no / hi o keshite min / oborozuki

譯註：「行燈」（andon），燈籠；「消して」（keshite），熄滅。

074

　　朦朧月下，
　　居酒屋喧嘩聲
　　蜂擁而出

☆居酒屋の喧嘩押し出す朧月（1893）

izakaya no / kenka mushidasu / oborozuki

譯註：「居酒屋」（izakaya），小酒館、酒鋪；「押し出す」（mushidasu），蜂擁而出之意。

075

　　故鄉啊，
　　四處皆見
　　春山笑

☆故郷やどちらを見ても山笑ふ（1893）

furusato ya / dochira o mite mo / yama warau

譯註：原詩可作「故郷や／何方を見ても／山笑ふ」。「どちら」（何方：dochira），意指任何方向。

076

　　根岸地區
　　啊,鶯
　　比麻雀多

☆雀より鶯多き根岸哉（1893）
suzume yori / uguisu ōki / negishi kana

譯註:子規詩中的「鶯」（うぐいす:uguisu），學名「日本樹鶯」，又稱短翅樹鶯,或黃鶯。「子規庵」所在的東京根岸一帶,彼時仍有許多田地。因有很多日本樹鶯,被稱為日本樹鶯之鄉。「より」（yori）,表示比較。

077

　　熟睡於石上之蝶啊
　　你夢見的是
　　我這個薄命人嗎?

☆石に寝る蝶薄命の我を夢むらん（1893）
ishi ni neru chō / hakumei no ware o / yumemuran

譯註:「夢むらん」（yumemuran）,意為「是否夢見……呢?」。

078
　　蝴蝶飛啊飛，
　　一路上，她換唱著
　　一首一首搖籃歌

☆蝶とぶや道々かはる子守歌（1893）

chō tobu ya / michimichi kawaru / komoriuta

譯註：原詩可作「蝶飛ぶや／道道変はる／子守歌」。「とぶ」（飛ぶ：tobu），飛；「かはる」（変はる：kawaru），變換。

079
　　風流
　　一蝶
　　翩翩舞……

☆ひらひらと風に流れて蝶一つ（1893）

hirahira to / kaze ni nagarete / chō hitotsu

譯註：「ひらひら」（hirahira），表示翩翩、飄飄的擬態詞；「風に流れて」（kaze ni nagarete），「隨風飄流」之意。本詩也可直譯為「一蝶翩翩，隨風飄舞……」。

080

　　蝴蝶三隻

　　兩隻，一隻……

　　啊，都分開了

☆胡蝶三つ二つ一つに分れけり（1893）

kochō mittsu / futatsu hitotsu ni / wakarekeri

譯註：「分れけり」（wakarekeri），「分開了啊」之意。

081

　　銀魚

　　耀碗中，如在

　　隅田川

☆白魚や椀の中にも角田川（1893）

shirauo ya / wan no naka nimo / sumidagawa

譯註：「にも」（nimo），也、同樣；「角田川」（sumidagawa），即隅田川。

082
　　乳缽裡
　　啊，蜆貝
　　薄紫

☆すり鉢に薄紫の蜆かな（1893）

suribachi ni / usumurasaki no / shijimi kana

譯註：原詩可作「擂り鉢に／薄紫の／蜆哉」。「すり鉢」（擂り鉢：suribachi），乳缽，即研缽、擂缽；「薄紫」（usumurasaki），淡紫色。

083
　　一戶人家
　　梅開五六株，還有
　　這裡、這裡……

☆家一つ梅五六本ここもここも（1893）

ie hitotsu / ume goroppon / koko mo koko mo

譯註：原詩可作「家一つ／梅五六本／此処も此処も」。「ここ」（此処：koko），此處、這裡。

084

　　不知是

　　何鳥——但

　　梅枝搖曳……

☆何といふ鳥かしらねど梅の枝（1893）

nanto iu / tori ka shiranedo / ume no eda

譯註：原詩可作「何言ふ／鳥か知らねど／梅の枝」。「何といふ」（何と言ふ：nanto iu），「名為何」之意；「しらねど」（知らねど：shiranedo），「雖不知」之意。

085

　　桃笑梅來

　　梅笑

　　桃

☆桃梅を笑へば梅も桃を笑らふ（1893）

momo ume o / waraeba ume mo / momo o warau

譯註：此詩有前書「國會開議」。直譯大致為「若桃笑梅花，梅亦反笑桃」。「笑へば」（waraeba）為假定形，「若……嘲笑……」之意。

086
    山櫻燦放，
    賞花者
    女比男多

☆男より女の多し山桜（1893）

otoko yori / onna no ōshi / yamazakura

譯註：「より」（yori）表示比較，「男より女多し」，女比男多之意。

087
    在鐘已遭竊的
    無人寺廟
    櫻花初綻

☆無住寺の鐘ぬすまれて初桜（1893）

mujūji no / kane nusumarete / hatsuzakura

譯註：原詩可作「無住寺の／鐘盗まれて／初桜」。「ぬすまれて」（盗まれて：nusumarete），被盜走了；「初桜」（hatsuzakura），一年中最早綻放的櫻花。

088

　　櫻花盛開──
　　用花言巧語搭訕
　　人皆甘心陷落……

☆花盛りくどかば落ちん人許り（1893）

hanazakari / kudokaba ochin / hitobakari

譯註：原詩可作「花盛り／口説かば落ちん／人許り」。「くどかば」（口説かば：kudokaba），若加以勸說、搭訕、勾引，助詞「ば」為條件語，表示「如果……」；「落ちん」（ochin），陷落、屈服、順從──「落ちん人許り」（ochin hitobakari），意即「盡是易傾心之人（女子）」。

089

　　松樹根旁
　　啊，點點淡紫色
　　紫羅蘭

☆松の根に薄むらさきの菫哉（1893）

matsu no ne ni / usumurasaki no / sumire kana

譯註：原詩可作「松の根に／薄紫の／菫哉」。「薄むらさき」（薄紫：usumurasaki），薄紫色、淡紫色。

090
    原野的草
    在我草鞋底
    留香……

☆野辺の草草履の裏に芳しき（1893）

nobe no kusa / zōri no ura ni / kanbashiki

譯註：「草履の裏」（zōri no ura），草鞋底。

091
    熱啊，一根
    鋤頭立在地上
    四周不見人

☆鍬たててあたり人なき熱さ哉（1893）

kuwa tatete / atari hito naki / atsusa kana

譯註：原詩可作「鍬立て／辺り人無き／熱さ哉」。「たてて」（立て：tatete），立、豎立；「あたり」（辺り：atari），周邊、周圍；「なき」（無き：naki），無。

092

　　天啊，天啊

　　天啊——

　　今年真熱啊！

☆これはこれはこれはことしの熱さかな（1893）

korewa korewa / korewa kotoshi no / atsusa kana

譯註：原詩可作「是れは是れは／是れは今年の／熱さ哉」。詩中連用三個「これは」（是れは：korewa，類似「天啊」、「哎呀」之嘆詞），頗直樸有趣。「ことし」（今年：kotoshi）。

093

　　熱啊——

　　脫光衣服

　　緊貼牆壁

☆裸身の壁にひっつくあつさ哉（1893）

hadakami no / kabe ni hittsuku / atsusa kana

譯註：原詩可作「裸身の／壁に引っ付く／熱さ哉」。「ひっつく」（引っ付く：hittsuku），黏住、貼住；「あつさ」（熱さ：atsusa），熱。

094

　　有島就有
　　松，有松就有
　　風的涼音

☆島あれば松あり風の音涼し（1893）

shima areba / matsu ari kaze no / oto suzushi

譯註：原詩可作「島有れば／松有り風の／音涼し」。「あれば」（有れば：areba），「如果有」之意。

095

　　自涼意所能及的
　　最遠處——
　　海上明月升……

☆涼しさのはてより出たり海の月（1893）

suzushisa no / hate yori detari / umi no tsuki

譯註：原詩可作「涼しさの／果てより出たり／海の月」。「はて」（果て：hate），極處、最遠處；「より」（yori），自、從；「出たり」（detari），浮現、升起。

096

　　涼啊，
　　　綠油油稻田中
　　　一棵松

☆涼しさや青田の中に一つ松（1893）

suzushisa ya / aota no naka ni / hitotsu matsu

097

　　涼哉，
　　　神與佛
　　　比肩而坐

☆すずしさや神と仏の隣同士（1893）

suzushisa ya / kami to hotoke no / tonaridōshi

譯註：原詩可作「涼しさや／神と仏の／隣同士」。「すずしさ」（涼しさ：suzushisa），涼爽；「隣同士」（tonaridōshi），鄰居、鄰座。子規此句中「超級」的涼意讓日本「神道教」的神與佛教的佛，搶著來納涼，成為鄰座，是「神佛習合」（神道教和佛教的折衷調和）此一概念最輕妙而有感的體現。

098

涼啊，彷彿
腋下生翼
飄飄然乎

☆涼しさや羽生えさうな腋の下（1893）

suzushisa ya / hane haesōna / wakinoshita

譯註：「羽生えさうな」（hane haesōna），彷若長出羽毛將飛之意。

099

月涼——
蛙
聲沸……

☆月涼し蛙の声のわきあがる（1893）

tsuki suzushi / kawazu no koe no / wakiagaru

譯註：原詩可作「月涼し／蛙の声の／湧き上がる」。「わきあがる」（湧き上がる：wakiagaru），層層湧現、沸騰。

100

  涼啊，這讓我
  快意一窺千年之景的
  風……

☆のぞく目に一千年の風涼し（1893）

nozoku me ni / issennen no / kaze suzushi

譯註：原詩可作「覗く目に／一千年の／風涼し」。「のぞく」（覗く：nozoku），窺視。

101

  山野像剛被水
  打濕——
  涼爽啊，拂曉

☆野も山もぬれて涼しき夜明かな（1893）

no mo yama mo / nurete suzushiki / yoake kana

譯註：原詩可作「野も山も／濡れて涼しき／夜明哉」。「ぬれて」（濡れて：nurete），淋濕、打濕；「夜明」（yoake），黎明、拂曉。

102

俯看
四千屋,月色中
各涼

☆見下せば月にすずしや四千軒(1893)

mioroseba / tsuki ni suzushi ya / yonsenken

譯註:原詩可作「見下せば／月に涼しや／四千軒」。有前書「福嶋公園眺望」,此「福嶋」即今福島。明治26年7月19日,子規從東京出發往奧羽地區(日本東北地區)旅行,經千都宮、白河、二本松、安達原、福島、淺香沼、藤原實方之墓、仙台、鹽釜、松島,越關山,進入羽前,搭船循最上川至酒田,沿海岸北行,經秋田至八郎烏轉回,經大麴、六鄉、湯田至黑澤,搭火車於8月20日回到東京,前後約一個月。此詩為在福島時所作。此年(1893)恰為「芭蕉二百年忌」,此行可視為向芭蕉《奧之細道》致意的詩歌朝聖之旅。「見下せば」(mioroseba),「若俯瞰而下」之意;「すずし」(涼し:suzushi),涼爽。

103

把屁股轉向佛，
面對
一輪涼月

☆御仏に尻むけ居れば月涼し（1893）
mihotoke ni / shirimuke oreba / tsuki suzushi

譯註：「尻むけ」（尻向け：shirimuke），屁股轉對著。

104

四國愛媛鄉音
起，如沐千里外
故鄉薰風中……

☆国なまり故郷千里の風かをる（1893）
kuninamari / kokyō senri no / kaze kaoru

譯註：原詩可作「国訛り／故郷千里の／風薰る」。「国なまり」（国訛り：kuninamari），口音、鄉音；「かをる」（薰る：kaoru），飄香。此詩寫於明治 26 年（1883）夏，有前書「松山同鄉會」。在東京擔任日本新聞社記者的子規，出席旅居東京的愛媛縣松山同鄉的聚會，久違的愛媛縣方言「伊予弁」（いよべん：iyoben）又在耳邊響起，讓他覺得彷彿家鄉薰風從千里外吹到身上。

105

五月梅雨——
一隻青蛙在
水罐游泳

☆水瓶に蛙うくなり五月雨（1893）

mizugame ni / kawazu uku nari / satsukiame

譯註：原詩可作「水瓶に／蛙浮くなり／五月雨」。「うく」（浮く：uku），浮動、游泳；「五月雨」（satsukiame），即陰曆五月的連綿梅雨。

106

午後雷陣雨：
兩三人
同撐一把傘

☆夕立や傘一本に二三人（1893）

yūdachi ya / kasa ippon ni / nisannin

譯註：「夕立」（yudachi），驟雨、午後雷陣雨；「一本」（ippon），一把、一支。

107

午後驟雨——
啊,一隻手拿著豆腐
快跑的人

☆夕立や豆腐片手に走る人(1893)
yūdachi ya / tōfu katate ni / hashiru hito

譯註:「片手」(katate),一隻手;「走る」(hashiru),奔跑、急行。

108

挾整個夏季
流金而下——啊,
滔滔最上川

☆ずんずんと夏を流すや最上川(1893)
zunzun to / natsu o nagasu ya / mogamigawa

譯註:「ずんずん」(zunzun),不停滯地、飛快地;「最上川」(mogamigawa),日本東北地區山形縣著名河川,日本三大急流之一。

109

　　錦緞加身，
　　慶典中的
　　牛——流汗了

☆錦着て牛の汗かく祭りかな（1893）

nishiki kite / ushi no ase kaku / matsuri kana

譯註：原詩可作「錦着て／牛の汗掻く／祭り哉」。「汗かく」（汗掻く：ase kaku），出汗、流汗。

110

　　輕輕飄浮的
　　亡魂啊，請來
　　這裡乘涼……

☆ふわふわとなき魂ここに来て涼め（1893）

fuwafuwa to / nakitama kokoni / kite suzume

譯註：原詩可作「ふわふわと／亡き魂此処に／来て涼め」。「ふわふわ」（fuwafuwa），輕輕飄浮貌；「なき魂」（亡き魂：nakitama），亡魂；「ここに」（此処に：kokoni），這裡。

111

　　腳踏木屐
　　到陸奧地區
　　尋涼去也

☆みちのくへ涼みに行くや下駄はいて（1893）

michinoku e / suzumi ni yuku ya / geta haite

譯註：原詩可作「陸奧へ／涼みに行くや／下駄履いて」。「みちのく」（陸奧：michinoku），陸奧地區，亦稱奧州，日本本州島東北地區之古稱；「涼み」（suzumi），納涼；「下駄」（geta），木屐；「はいて」（履いて：haite），穿著。

112

　　一走動就熱，
　　停下歇息——
　　涼哉，蟬鳴

☆行けは熱し休めば涼し蝉の声（1893）

yukeba atsushi / yasumeba suzushi / semi no koe

譯註：本詩直譯大致為「行則熱，休息則涼：蟬鳴」。

113

涼啊——
房子對面,瀑布
飛濺而出

☆すずしさや滝ほとばしる家のあひ(1893)

suzushisa ya / taki hotobashiru / ie no ai

譯註:原詩可作「涼しさや/滝迸る/家の会ひ」。「あひ」(会ひ:ai),對面之意;「ほとばしる」(迸る:hotobashiru),迸出、飛濺而出。

114

啊,紫陽花——
昨日的真情
今日的謊言

☆紫陽花や昨日の誠今日の嘘(1893)

ajisai ya / kinō no makoto / kyō no uso

譯註:此詩有前書「傾城贊」。傾城,指遊女、妓女。紫陽花因花色會不斷變換,而有「七變化」之別名。此詩將(女)人心的善變與紫陽花的顏色多變相比擬——昨日的真情/真相,變成了今日的謊言。

115

鐘樓
已無鐘——啊,
嫩葉!

☆鐘もなき鐘つき堂の若葉哉(1893)

kane mo naki / kanetsukidō no / wakaba kana

譯註:原詩可作「鐘も無き/鐘つき堂の/若葉哉」。「なき」(無き:naki),無;「鐘つき堂」(kanetsukidō),鐘樓;「若葉」(wakaba),新葉、嫩葉。此詩描寫一座無鐘的廢棄鐘樓,卻被初夏新綠嫩葉所圍。

116

嵯峨夏草
綠,美人墓
何多

☆夏草や嵯峨に美人の墓多し(1893)

natsukusa ya / saga ni bijin no / haka ôshi

譯註:「嵯峨」(saga),在京都右京區,有許多名寺古剎。此詩讓人想起俳聖芭蕉1689年的名句——「夏草:/戰士們/夢之遺跡……」(夏草や兵どもが夢の跡)——美人、勇士,終歸一抔土!

117
　　冷清的
　　火車站──蓮花
　　盛開

☆蓮の花さくや淋しき停車場（1893）

hasu no hana / saku ya sabishiki / teishajō

譯註：原詩可作「蓮の花／咲くや淋しき／停車場」。「さく」（咲く：saku），綻放；「淋しき」（寂しき：sabishiki），空寂、冷清；「停車場」（teishajō），火車站、車站。

118
　　初秋
　　洗馬
　　最上川

☆初秋の馬洗ひけり最上河（1893）

shoshū no / uma araikeri / mogamigawa

譯註：「最上河」即「最上川」（mogamigawa）。

119

　　啊，秋風——
　　浮世之旅
　　無人知其終

☆秋風や旅の浮世の果て知らず（1893）

akikaze ya / tabi no ukiyo no / hate shirazu

譯註：「果て」（hate），盡頭；「知らず」（shirazu），不知、未知，「ず」（zu）表示否定。

120

　　山中溫泉——
　　裸體之上：
　　銀河

☆山の温泉や裸の上の天の河（1893）

yama no yu ya / hadaka no ueno / amanogawa

譯註：此詩誠超逸、灑脫，爽快、亮眼之作。「天の河」即「天の川」（amanogawa），天河、銀河。

121
　　唐月何皎皎，
　　葡萄美酒
　　夜光杯

☆葡萄の美酒夜光の杯や唐の月（1893）

budō no bishu / yakō no hai ya / tō no tsuki

譯註：「唐」（tō），即唐土、中國。此首滿溢漢詩趣味之作，可見子規對唐土文化的追慕。

122
　　小村白露
　　耀，四五戶
　　人家

☆白露に家四五軒の小村哉（1893）

shiratsuyu ni / ie shigoken no / komura kana

123

　　金銀色
　　掠空，閃電
　　映西東

☆金銀の色よ稲妻西東（1893）

kingin no / iro yo inazuma / nishi higashi

譯註:「稻妻」（inazuma），閃電。

124

　　他洗馬，
　　用秋日海上的
　　落日

☆夕陽に馬洗ひけり秋の海（1893）

sekiyō ni / uma araikeri / aki no umi

譯註:此詩為明治26年（1893）8月，子規奧羽之旅中，寫於濱「日本海」的吹浦海岸（今山形縣飽海郡遊佐町）之句。陳黎1993年《小宇宙:現代俳句一百首》開卷第1首——「他刷洗他的遙控器／用兩棟大樓之間／滲透出的月光」——應是子規此句的變奏。

125

　　白萩花
　　搖曳，露水
　　點點滴……

☆白萩のしきりに露をこぼしけり（1893）

shirahagi no / shikirini tsuyu o / koboshikeri

譯註：原詩可作「白萩の／頻りに露を／溢しけり」。「しきりに」（頻りに：shikirini），頻繁地、不斷地；「こほしけり」即「こぼしけり」（溢しけり：koboshikeri），瀧落、滴落。

126

　　鄰室燈火
　　映現
　　芭蕉暗葉間

☆隣からともしのうつるはせを哉（1893）

tonari kara / tomoshi no utsuru / bashō kana

譯註：原詩可作「隣から／灯の映る／芭蕉哉」。「隣から」（tonari kara），從鄰室；「灯」（tomoshi），燈火；「うつる」（映る：utsuru），映現。

127

月落
江村
蘆花白

☆月落て江村蘆の花白し（1893）

tsuki ochite / kōson ashi no / hana shiroshi

譯註：「江村」（kōson），江畔村落。子規年少即習漢詩，此詩可視為以漢詩寫成的俳句。

128

初冬陣雨
──奈良千年
伽藍伽藍

☆奈良千年伽藍伽藍の時雨哉（1893）

nara sennen / garan garan no / shigure kana

譯註：奈良為日本七代帝都之所在，有諸多伽藍（寺院）。此詩疊用「伽藍」（garan）一詞，象其多也。芭蕉有一首俳句「奈良──／七重七堂伽藍／八重櫻……」（奈良七重七堂伽藍八重桜）──伽藍外亦詠讚櫻花。

129
　　陽光和陣雨
　　將遠山
　　分為兩部分

☆遠山を二つに分けて日と時雨（1893）
tōyama o / futatsu ni wakete / hi to shigure

130
　　木屐
　　送別草鞋客，雪上
　　留足印

☆雪の跡木履草鞋の別れかな（1893）
yuki no ato / bokuri zōri no / wakare kana

譯註：「木履」（bokuri），即木屐。

131

　　旅人──
　　邊吃蜜柑,
　　邊行過枯野哉

☆旅人の蜜柑くひ行く枯野哉(1893)

tabibito no / mikan kuiyuku / kareno kana

譯註:原詩可作「旅人の／蜜柑喰ひ行く／枯野哉」。「蜜柑」(mikan),亦稱柑橘;「くひ」(喰ひ／食ひ:kui),食、吃。

132

　　紙衣──
　　啊,俳諧
　　精神的展現!

☆俳諧のはらわた見せる紙衣かな(1893)

haikai no / harawata miseru / kamiko kana

譯註:原詩可作「俳諧の／腸見せる／紙衣哉」。「はらわた」(腸:harawata),指本性、精髓。「紙衣」(kamiko),用日本紙做成的輕且保溫性佳的衣服,常為貧窮人家所用──某種程度上,體現了俳句作者簡單自在、安貧樂道的精神。俳人且可將俳句寫於紙衣上,自我展示、自我娛悅。

133

　　東籬菊枯
　　晾布襪──
　　今日天氣佳！

☆菊枯て垣に足袋干す日和哉（1893）

kiku karete / kaki ni tabi hosu / hiyori kana

譯註：「垣」（kaki），籬笆；「足袋」（tabi），短布襪；「干す」（hosu），晾乾；「日和」（hiyori），晴天。「採菊東籬下，悠然見南山」──秋後無菊可賞，天氣好時籬笆上起碼可以曬曬短布襪，也算初冬一景！

134

　　冬籠：
　　吾妹一人
　　劈柴

☆薪をわるいもうと一人冬籠（1893）

maki o waru / imōto hitori / fuyugomori

譯註：原詩可作「薪を割る／妹一人／冬籠」。「わる」（割る：waru），劈砍。子規的妹妹正岡律（1870-1941），小他三歲。1885年時嫁給陸軍軍人恒吉忠道，兩年後離婚；1889 年再度結婚，嫁給松山中學校教師中掘貞五郎，十個月後據說為了照顧咯血的子規而又離婚。1892 年 11 月，與母親八重一起到東京與子規同住，日夜照料其起居。有病在身的子規對於自己四肢不勤，勞其妹於「冬籠」寂寥時日中獨自劈柴，頗感歉疚與不捨。生命後期纏綿病榻的子規，因其妹律無私之奉獻、看護，得以以病室為書齋，創作不懈。

135

　　故鄉遠兮，一年
　　又過——賣春遊女
　　身在京都春色中

☆傾城の古郷遠し京の春（1894）

keisei no / furusato tōshi / kyō no haru

譯註：「傾城」（keisei），遊女、妓女。

136
　　二月到，
　　一村梅花
　　全數開

☆一村の梅咲きこぞる二月哉（1894）

isson no / ume saki kozoru / nigatsu kana

譯註：原詩可作「一村の／梅咲き挙る／二月哉」。「こぞる」（挙る：kozoru），全體、全數。

137
　　百位苦力
　　挖土──啊
　　春日何其長！

☆百人の人夫土掘る日永哉（1894）

hyakunin no / ninpu tsuchi horu / hinaga kana

譯註：「人夫」（ninpu），壯工、工人；「日永」（hinaga），晝長、日長。

138
　　春風
　　吹山紫，又吹
　　春水青

☆春風や山紫に水青し（1894）
harukaze ya / yama murasaki ni / mizu aoshi

139
　　春野上
　　人何故而來，
　　又何故而往？

☆春の野や何に人行き人帰る（1894）
haru no no ya / nani ni hito yuki / hito kaeru

140

　　燕子啊，
　　已然展翅升飛向
　　太平洋……

☆燕や太平洋へのして行く（1894）

tsubakuro ya / taiheiyō e / noshite yuku

譯註：原詩可作「燕や／太平洋へ／伸して行」。「のして」（伸して：noshite），伸展、上升。

141

　　小香魚微微動
　　小香魚微微動，啊
　　小香魚閃閃發光動啊動……

☆小鮎ちろ小鮎ちろ小鮎ちろりちろり（1894）

koayu chiro / koayu chiro / koayu chirori chirori

譯註：此詩有前書「小香魚往前奔」，頗鮮活地疊用三次「小鮎ちろ」（koayu chiro），達成小香魚們用盡「小」力氣，競相溯流而上的生動、有趣畫面。「ちろ／ちろり」（chiro／chirori）是擬聲詞／擬態詞，用以描述小香魚游動時水面產生的輕微波動或閃爍的樣子，也可以理解為小魚盡力游動的聲音或視覺效果。

142

園城寺梅花開，
詩僧、酒僧
突然多了起來

☆詩僧あり酒僧あり梅の園城寺（1894）

shisō ari / sakesō ari ume no / onjōji

譯註：原詩可作「詩僧有り／酒僧有り梅の／園城寺」。「園城寺」（onjōji），俗稱三井寺，位於今滋賀縣大津市，日本四大佛寺之一。俳人上島鬼貫（1661-1738）有一名句——「櫻花散盡，／重歸清閒、無聊——／啊，園城寺」（花散りて又閑かなり園城寺）。櫻花、梅花盛開時，來此寺朝拜，希望立地成僧、成佛的四方香客酒客、詩人墨客，自是絡繹不絕。

143

松青、梅白，
這是
誰家柴門？

☆松青く梅白し誰が柴の戸ぞ（1894）

matsu aoku / ume shiroshi taga / shibanoto zo

144

　　渡口桃花開──
　　載人、載牛
　　鬧哄哄

☆人載せて牛載せて桃の渡し哉（1894）

hito nosete / ushi nosete momo no / watashi kana

譯註:「渡し」（watashi），渡口。

145

　　納涼，
　　爽就好──千姿百態笨模樣
　　沒關係！

☆涼しさや人さまさまの不恰好（1894）

suzushisa ya / hito samasama no / bukakkō

譯註:原詩可作「涼しさや／人樣樣の／不恰好」。此詩有前書「夕顏棚下納涼」，描寫子規諸弟子在「子規庵」聽其講詩後，小庭園中納涼情狀。是頗搞笑、有趣的一首「怪俳」。「さまさま」（樣樣：samasama），各式各樣；「不恰好」（bukakkō），不好看、不雅、笨拙之儀態。此詩直譯大致為「涼爽啊──各人各有其笨拙模樣」。

134

146

有新綠嫩葉的房子，有新綠嫩葉的房子，有新綠嫩葉的房子⋯⋯

☆家あって若葉家あって若葉哉（1894）
ie atte / wakaba ie atte / wakaba kana

譯註：日本東海道鐵路於明治 22 年（1889）全線通車。子規此詩寫於 1894 年夏天。火車上看窗外風景，一家一家疾駛而過，讓人心頭愉悅，充滿躍動感。「あって」（有って：atte），有。

147

　　小和尚，
　　　秋夜漫漫，你
　　何事煩惱？

☆小坊主や何を夜長の物思ひ（1894）
kobōzu ya / nani o yonaga no / monoomoi

譯註：「小坊主」（kobōzu），小和尚。本詩季語「夜長」（yonaga），屬秋季。

148

紫陽花──
啊,秋雨定你
為藍色

☆紫陽花や青にきまりし秋の雨(1894)

ajisai ya / ao ni kimarishi / aki no ame

譯註:原詩可作「紫陽花や/青に決まりし/秋の雨」。「きまりし」(決まりし:kimarishi),決定了、確定了。紫陽花別名「七變化」,它的顏色會隨著雨水的變化而變化。

149

天上銀河閃爍──
敵方的陣營
啊,滿佈堡壘下

☆天の川敵陣下に見ゆる哉(1894)

amanogawa / tekijin shita ni / miyuru kana

譯註:「天の川」(amanogawa),天河、銀河;「下に」(shita ni),在……下方。此詩想像山頂上一座堡壘,夜裡被敵軍圍困。甚為壯美。

150

　　兩腳踏出
　　禪寺門，千萬星光
　　在頭頂

☆禪寺の門を出づれば星月夜（1894）

zendera no / mon o izureba / hoshizukiyo

譯註：「出づれば」（izureba），意指「若踏出、一旦走出」。

151

　　雖言命輕
　　如露水，但請
　　生龍活虎歸！

☆生きて歸れ露の命と言乍ら（1894）

ikite kaere / tsuyu no inochi to / ii nagara

譯註：此詩有前書「為從軍者送行」，是明治 27 年秋正岡子規寫給出發參加「日清戰爭」（甲午戰爭）戰士之句。「言乍ら」（ii nagara），雖言、雖然說。

152

　　筑波秋空
　　無雲——紅蜻蜓
　　浪來浪去

☆赤蜻蛉筑波に雲もなかりけり（1894）

akatonbo / tsukuba ni kumo mo / nakarikeri

譯註：原詩可作「赤蜻蛉／筑波に雲も／無かりけり」。「なかりけり」（無かりけり：nakarikeri），無（雲）啊、沒有（雲）啊——「けり」（keri）是表示感嘆的助動詞。

153

　　運河上，一隻蜻蜓
　　以九十度
　　端端正正迴轉

☆堀割を四角に返す蜻蛉哉（1894）

horiwari o / shikaku ni kaesu / tonbo kana

譯註：「堀割」（horiwari），溝渠、運河；「四角に返す」（shikaku ni kaesu），以四角形（四方形）迴轉。

154
　　村遠近
　　雨雲垂──
　　稻浪十里

☆村遠近雨雲垂れて稻十里（1894）

mura ochikochi / amagumo tarete / ine jūri

155
　　稻花搖曳──
　　道灌山
　　風和日麗

☆稻の花道灌山の日和かな（1894）

ine no hana / dōkanyama no / hiyori kana

譯註：「道灌山」（dōkanyama），位於今東京都荒川區西日暮里附近的高岡。

156

　　草花繽紛開，
　　無名
　　小川水清清

☆草花や名も無き小川水清し（1894）

kusabana ya / na mo naki ogawa / mizu kiyoshi

157

　　我在被爐旁
　　烘染你
　　行腳之姿

☆われは巨燵君は行脚の姿かな（1894）

ware wa kotatsu / kimi wa angya no / sugata kana

譯註：原詩可作「我は巨燵／君は行脚の／姿哉」。有前書「面對芭蕉翁像」。比之一生四處行吟、漂泊在外的俳聖芭蕉，正岡子規自嘲自己只是有病在身，靠被爐取暖、寫作的室內臥遊者。「われ」（ware），我；「巨燵」（炬燵／火燵：kotatsu），被爐、暖爐。

158

紀元二千五百五十五年哉

☆紀元二千五百五十五年哉（1895）

kigen nisen / gohyaku gojūgo / nen kana

譯註：此詩為明治 28 年（1895）新年之作，全句以 12 個漢字寫成一首 17 音節「日本俳句」。此處「紀元」(kigen)，指「神武天皇即位紀元」，簡稱「皇紀」，是日本的紀年方式之一，以神話中第一代天皇神武天皇的即位年開始起算，比現行西曆早 660 年。皇紀 2555 年即西元 1895 年。

159

手持一枝

梅——梅香

賀新年！

☆梅提げて新年の御慶申しけり（1895）

ume sagete / shinnen no gyokei / mōshikeri

譯註：此詩寫於明治 28 年（1895）新年。「御慶」(gyokei)，恭喜、慶賀，「御」是敬語前綴；「申し」(mōshi)，「表達」之意。

160

　　正月裡──
　　眾人群聚
　　聽落語

☆正月の人あつまりし落語かな（1895）

shōgatsu no / hito atsumarishi / rakugo kana

譯註：原詩可作「正月の／人集まりし／落語哉」。「正月」（shōgatsu），正月，新年，通常指每年1月1日至3日或延伸至15日的新年假期；「あつまり」（集まり：atsumari），聚集在一起；「落語」（rakugo），日本曲藝場演出的一種單口相聲，以詼諧的語句加上動作逗觀眾發笑，此詞始於1887年。子規本人即為「落語迷」。

161

　　小巷裡，少女們
　　玩羽毛毽的
　　笑聲，清亮可聞

☆遣羽子の笑ひ聞ゆる小道かな（1895）

yaribane no / warai kikoyuru / komichi kana

譯註：「遣羽子」（yaribane）是日本新年時玩的一種遊戲，用羽子板（hagoita）與對手拍打羽毛毽（羽子：hane／hago），和打羽毛球類似。

162

城春——
昔乃
十五萬石之城也

☆春や昔十五万石の城下哉（1895）

haru ya mukashi / jūgoman goku no / jōka kana

譯註：此詩寫於1895年春，是子規追懷、頌嘆其家鄉松山之句。松山在江戶時代曾是稅收十五萬石的「伊予松山藩」行政中心所在的繁華城。今昔對照，頗有「城春草木深……」似的喟嘆。「城下」（jōka），城邑、城。

163

春夜——
啊，要如何排遣
我的心思……

☆何として春の夕をまぎらさん（1895）

nanitoshite / haru no yūbe o / magirasan

譯註：原詩可作「何として／春の夕を／紛らさん」。「何として」（nanitoshite），要如何；「まぎらさん」（紛らさん：magirasan），排遣、消解。

164

  春日晝長——
  沙灘上
  長長長長的足印

☆砂浜に足跡長き春日かな（1895）

sunahama ni / ashiato nagaki / haruhi kana

譯註：「砂浜」（sunahama），海濱沙灘。

165

  春日
  把雲安置在大佛
  膝上

☆大仏の膝に雲おく春日哉（1895）

daibutsu no / hiza ni kumo oku / haruhi kana

譯註：原詩可作「大仏の／膝に雲置く／春日哉」。「おく」（置く：oku），放置、安置。

166

　　春雨
　　舟中，有女
　　佇立

☆春雨の舟にイむ女かな（1895）

harusame no / fune ni tatazumu / onna kana

譯註：原詩可作「春雨の／舟に佇む／女哉」。「イむ」（佇む：tatazumu），佇立。

167

　　看，
　　孔雀在
　　春風中開屏展現尾羽……

☆春風に尾をひろげたる孔雀哉（1895）

harukaze ni / o o hirogetaru / kujaku kana

譯註：原詩可作「春風に／尾を広げたる／孔雀哉」。「ひろげたる」（広げたる／拡げたる：hirogetaru），展開、張開、擴展。

168

　　霧中
　　大船拖
　　小舟

☆大船の小舟引き行く霞哉（1895）

ōbune no / kobune hikiyuku / kasumi kana

譯註：「引き行く」（hikiyuku），牽引前行，拖著走；「霞」（kasumi），即霧。

169

　　回頭看──
　　擦身而過的那人
　　已隱入霧中

☆かへり見れば行きあひし人の霞みけり（1895）

kaerimireba / yukiaishi hito no / kasumikeri

譯註：原詩可作「返り見れば／行逢ひし人の／霞みけり」。「かへり見れば」（返り見れば：kaerimireba），回頭望去；「行きあひし人」（行き逢ひし人：yukiaishi hito），曾相遇之人。

170

一桶靛藍

春江

流……

☆一桶の藍流しけり春の川（1895）

hitooke no / ai nagashikeri / haru no kawa

譯註：此詩或亦可譯為「一江春水湛藍流……」。

171

涅槃圖裡

有一人

在笑！

☆涅槃像仏一人は笑ひけり（1895）

nehanzō / hotoke hitori / waraikeri

譯註：「涅槃像」（nehanzō），又稱涅槃圖，指刻繪釋迦牟尼佛入於涅槃狀況（入滅、圓寂）之繪畫或雕刻。一般而言，圖中所見之眾皆悲傷哭泣。

172
　　無女兒節偶人
　　——酒店桃花開
　　同座皆男士！

☆雛もなし男許りの桃の宿（1895）

hina mo nashi / otoko bakari no / momo no yado

譯註：原詩可作「雛も無し／男許りの／桃の宿」。此詩寫於明治28年（1895）3月3日，當天中午日本新聞社為即將以隨軍記者前往「中日甲午戰爭」中國戰場的正岡子規舉行送別會，參加酒宴的有男士十位，而無女性。子規自嘲地寫了此首俳句。3月3日為日本的「女兒節」，亦稱「偶人節」，女孩們在此日備偶人、點心、白酒、桃花為祭物，祈求幸福。子規雖然3月3日從東京出發，但輾轉迂迴，中間又繞回家鄉松山等候，直到4月10日才從廣島宇品港乘「海上丸」出帆往遼東半島。「雛」（hina），偶人、人偶；「男許り」（otoko bakari），唯有男士、全皆男士。

173

　　真恐怖啊，
　　熱戀中的貓居然
　　把石牆弄塌了

☆おそろしや石垣崩す猫の恋（1895）
osoroshi ya / ishigaki kuzusu / neko no koi

譯註：原詩可作「恐ろしや／石垣崩す／猫の恋」。「おそろし」（恐ろし：osoroshi），恐怖、令人害怕。

174

　　蜘蛛網上
　　蝴蝶的殘骸
　　　──悲矣

☆蜘の巣に胡蝶のからのあはれ也（1895）
kumonosu ni / kōcho no kara no / aware nari

譯註：原詩可作「蜘の巣に／胡蝶の殻の／哀れ也」。「から」（殻／骸：kara），外殼、殘骸；「あはれ」（哀れ：aware），悲、傷感、憐憫。

175
 瓶插紅梅，
 同吟俳句
 僧俗十五人

☆僧や俗や梅活けて発句十五人（1895）

sō ya zoku ya / ume ikete hokku / jūgonin

譯註：此詩寫於明治 28 年（1895）3 月，有前書「松山松風會俳席」。「活けて」（ikete），插（花）；「発句」（hokku），俳句之謂。

176
 一個小巷接
 一個小巷，啊
 皆梅花！

☆横町の又横町や梅の花（1895）

yokochō no / mata yokochō ya / ume no hana

譯註：「横町」（yokochō），小巷。

177

　　紅梅艷放──
　　被藏在深閨的少女,
　　發情的雌貓

☆紅梅や秘蔵の娘猫の恋（1895）

kōbai ya / hizō no musume / neko no koi

譯註:「秘蔵」(hizō),秘藏、嬌養;「娘」(musume),女孩、少女。

178

　　柳櫻柳櫻柳櫻柳櫻──
　　如是
　　相間栽

☆柳桜柳桜と栽ゑにけり（1895）

yanagi sakura / yanagi sakura to / uenikeri

譯註:「栽ゑ」(植ゑ／植う:ue),栽植、種植。

151

179

　　公雞一聲啼，
　　小富士山麓
　　桃花紅燦燦

☆鶏鳴くや小富士の麓桃の花（1895）

torinaku ya / kofuji no fumoto / momo no hana

譯註：「小富士」（kofuji），小富士山，位於子規家鄉松山西方的興居島上，海拔 280 公尺。

180

　　故鄉啊，
　　桃花燦開
　　表堂兄弟姊妹多

☆故郷はいとこの多し桃の花（1895）

furusato wa / itoko no ōshi / momo no hana

譯註：「いとこ」（従兄弟／従姉妹：itoko），堂兄弟姊妹、表兄弟姊妹。

181
　　用望遠鏡尋
　　山脊上
　　櫻花

☆山の端の桜尋ねん遠眼鏡（1895）

yamanoha no / sakura tazunen / tōmegane

譯註：「遠眼鏡」（tōmegane），望遠鏡。

182
　　浮世
　　櫻花開，人間
　　滿笑聲

☆世の中は桜が咲いて笑ひ声（1895）

yononaka wa / sakura ga saite / waraigoe

譯註：「咲いて」（saite），綻放、綻開。

183
　　櫻花飄散,
　　舉杯再飲
　　兩三人

☆散る花に又酒酌まん二三人（1895）
chiru hana ni / mata sake kuman / nisannin

184
　　櫻花
　　落,水
　　南流……

☆花散って水は南へ流れけり（1895）
hana chitte / mizu wa minami e / nagarekeri

185
　　在澡堂的
　　霧氣裡，閒聊
　　上野櫻花⋯⋯

☆銭湯で上野の花の噂かな（1895）

sentō de / ueno no hana no / uwasa kana

譯註：「銭湯」（sentō），公共澡堂；「噂」（uwasa），閒談、閒聊。

186

霧靄濛濛──
大國的山皆
低低的……

☆大国の山皆低きかすみ哉（1895）

taikoku no / yama kai hikuki / kasumi kana

譯註：原詩可作「大国の／山皆低き／霞哉」。此詩有前書「大連灣」，明治28年（1895）4月15日寫於甲午戰爭戰場遼東半島。子規4月10日從廣島宇品港乘「海上丸」出帆，4月13日入大連灣，15日早晨於大連柳樹屯登陸。有趣的是，子規本抱著男兒「攜」筆從戎、為國馳騁疆場的胸懷，但還沒到達戰場，戰爭基本上已結束。3月21日李鴻章與日本總理伊藤博文在日本馬關開始進行停戰談判，3月30日簽訂停戰協定，4月17日簽署了《日清媾和條約》，即《馬關條約》。子規雖未能親睹戰爭實況，只能在煙硝味猶在的戰後之地耳聞想像，但初臨中國大陸，異國的風物還是讓他極感新鮮、刺激。「大国」（taikoku），指「中國」；「かすみ」（霞：kasumi），霧。

187

 戰爭後
 崩塌的屋舍間
 梨樹開花

☆梨咲くやいくさのあとの崩れ家（1895）

nashi saku ya / ikusa no ato no / kuzure ie

譯註：原詩可作「梨咲くや／戰の後の／崩れ家」。此詩有前書「金州」，明治 28 年（1895）4 月寫於甲午戰爭戰場遼東半島的遼寧（金州）。「いくさ」（戰：ikusa），戰爭。

188

 隱藏於

 春草間——

 戰士的屍體

☆なき人のむくろを隠せ春の草（1895）

nakihito no / mukuro o kakuse / haru no kusa

譯註：原詩可作「亡き人の／骸を隠せ／春の草」。此詩有前書「金州城外」，明治 28 年（1895）4 月寫於遼東半島遼寧，再度讓人想起芭蕉 1689 年名句「夏草：／戰士們／夢之遺跡……」——但芭蕉是懷古，子規是寫真、寫「生」！「なき人」（亡き人：nakihito），亡者、死者；「むくろ」（骸／軀：mukuro），屍體、軀體。

189

春日晝長，
一頭驢子被鞭影追著
向前行

☆永き日や驢馬を追ひ行く鞭の影（1895）

nagakihi ya / roba o oiyuku / muchi no kage

譯註：此詩有前書「金州」，明治 28 年（1895）4 月寫於遼東半島遼寧。「永き日」（nagakihi），白晝漫長的春日；「驢馬」（roba），即驢子。

190

月映梨花，
鞦韆影
靜

☆鞦韆の影静かなり梨花の月（1895）

shūsen no / kage shizuka nari / rika no tsuki

譯註：此詩可視為蘇軾〈春宵〉一詩（「春宵一刻值千金，花有清香月有陰，歌管樓台聲細細，鞦韆院落夜沉沉」）的俳句變奏。

191

　　寺廟庭院
　　遠眺——
　　啊六月海

☆六月の海見ゆるなり寺の庭（1895）
rokugatsu no / umi miyuru nari / tera no niwa

譯註：明治 28 年（1895）4 月，甲午戰爭期間，正岡子規以戰地記者身分被派往中國遼東半島。5 月 17 日，罹肺結核的子規於歸國的船上咯血，5 月 23 日入神戶醫院，病況嚴重，經兩個月治療，7 月 23 日轉至須磨療養院繼續療治。7 月 24 日，子規至須磨寺參拜，此詩與下一首詩即寫成於此。詩中的六月為陰曆六月，陽曆的七月。

192

　　拂面而來——
　　六月，奇麗
　　奇麗的風啊……

☆六月を奇麗な風の吹くことよ（1895）
rokugatsu o / kireina kaze no / fuku kotoyo

譯註：「奇麗な」（kireina），美麗的；「ことよ」（kotoyo），表示感嘆的終助詞。正岡子規從陰曆六月夏日麗風裡，感覺到生命復甦之意。

193

    好熱啊!

    一個女人

    出現在一堆男人中

☆男許り中に女のあつさかな（1895）

otoko bakari / naka ni onna no / atsusa kana

譯註：原詩可作「男許り／中に女の／熱さ哉」。「男許り」（otoko bakari），全皆男人；「あつさ」（熱さ：atsusa），熱。

194

    涼哉，

    石燈籠孔洞，

    豁然現大海！

☆涼しさや石燈籠の穴も海（1895）

suzushisa ya / ishidōrō no / ana mo umi

譯註：「石燈籠」（ishidōrō），日本傳統建築與庭園中常見之物，燈籠上鑿有小孔洞。透過石燈籠孔洞看海，此詩不僅以小窺大，還以小「涼」大！

195

　　松針間
　　帆船映眼──
　　涼啊

☆涼しさや松の葉ごしの帆掛船（1895）
suzushisa ya / matsu no hagoshi no / hokakebune

譯註：原詩可作「涼しさや／松の葉越しの／帆掛船」。「葉ごし」（葉越し：hagoshi），穿過葉子，葉縫間；「帆掛船」（hokakebune），即帆船。

196

　　涼啊，
　　雨中一隻螃蟹
　　松樹上爬

☆涼しさや松這ひ上る雨の蟹（1895）
suzushisa ya / matsu hainoboru / ame no kani

譯註：「這ひ上る」（hainoboru），爬上，在上面爬行。

197
　　薰風拂我裸體
　　——唯一的
　　遮蔽物：松影

☆薰風や裸の上に松の影（1895）
kunpū ya / hadaka no ue ni / matsu no kage
譯註：「薰風」（kunpū），吹過新綠之葉令人快意的初夏之風。

198
　　荷蘭人的商船，
　　帆很多——
　　啊，彷彿雲峰

☆帆の多き阿蘭陀船や雲の峯（1895）
ho no ōki / orandasen ya / kumo no mine
譯註：「阿蘭陀船」（orandasen），荷蘭的商船。

199

五月連綿雨啊，
此二日
切勿下！

☆この二日五月雨なんど降るべからず（1895）
kono futsuka / samidare nando / furubekarazu

譯註：此詩有前書「為母親要回東京而作」。明治 28 年（1895）5 月，歸國途中咯血的子規緊急入神戶醫院救治，6 月 4 日，母親正岡八重（1845-1927）由子規弟子河東碧梧桐（1873-1937）陪同，從東京來到神戶，擔任子規的看護。6 月 28 日，八重回睽違三年的松山，7 月 9 日與碧梧桐一起由松山回東京。「五月雨」連綿，孝親的子規特別寫此詩，祈求上天放晴兩日，讓母親一路順暢返抵東京家中。據官方紀錄，1895 年 7 月 8 日東京天候「快晴」，9 日「晴」，10 日「快晴」，11 日、12 日「雨」——今日回顧，子規果然「孝心感天」！「この二日」（此の二日：kono futsuka），此二日、這兩天；「なんど」（nando）即「など」（等：nado），意指「之類的」；「降るべからず」（furubekarazu），不要降下，「ず」（zu）表示否定。

200

夏山——
啊,萬綠叢中
一橋紅

☆夏山や万象青く橋赤し(1895)
natsuyama ya / banshō aoku / hashi akashi

201

夏山
夏水
任我遊!

☆何処へなりと遊べ夏山夏の川(1895)
doko e nari to / asobe natsuyama / natsu no kawa

譯註:此詩寫於明治28年(1895)夏。在須磨療養的子規,脫離險境後,病床上亦覺夏日山光水影充滿生命力。「何処へなりと」(doko e nari to),即無論何處、隨處。

202

换了夏衣——
有點冷，但覺
神清氣爽

☆更衣少し寒うて気あひよき（1895）
koromogae / sukoshi samūte / kiai yoki

譯註：原詩可作「更衣／少し寒うて／気合良き」。「更衣」（koromogae），通常指陰曆四月一日，於是日脫下棉袍，改穿夏衣；「少し」（sukoshi），稍許；「気あひ」（気合：kiai），心情、精神；「よき」（良き：yoki），佳、爽。

203

拂曉時分：
白帆
行過蚊帳外

☆暁や白帆過ぎ行く蚊帳の外（1895）
akatsuki ya / shiraho sugiyuku / kaya no soto

譯註：此詩亦為明治28年夏，子規在須磨療養時之作。

204

雖然夏日消瘦，
我還是一個
食量大的男人啊

☆夏痩せて大めし喰ふ男かな（1895）

natsuyasete / ōmeshi kurau / otoko kana

譯註：原詩可作「夏痩せて／大飯喰ふ／男哉」。「大めし」（大飯：ōmeshi），大量的飯，食量大之意；「喰ふ」（喰う：kurau），吃。

205

夏日消瘦——
唯我的睪丸
無動於衷

☆夏痩やきん丸許り平気也（1895）

natsuyase ya / kinmaru bakari / heiki nari

譯註：原詩可作「夏痩や／金丸許り／平気也」。子規此詩頗戲謔、驚人。他的前輩小林一茶，大膽地把屁、尿、屎這些體垢寫入俳句，臥病在床，日日親密審視自己六尺之軀的子規，更進一步地把男性器官陰囊寫進俳句裡。「平気」（heiki），平靜、泰然、無動於衷；「きん丸」（金丸：kinmaru）為睪丸的代稱——子規在多首俳句裡（譬如下一首裡）直接用了「睪丸」一詞。

206

　　啊,睪丸成了
　　累贅的邪魔,讓我
　　難納涼!

☆睾丸の邪魔になったる涼み哉（1895）
kōgan no / jama ni nattaru / suzumi kana

譯註:原詩可作「睾丸の／邪魔に成ったる／涼み哉」。「邪魔」（jama）,邪魔、阻礙、累贅;「なったる」（成ったる:nattaru）,變成了。活了三十六歲,罹肺結核、脊椎骨疽,長時間臥病的正岡子規,和活了六十五歲,幾度中風的小林一茶,各有其生命悲苦處。1813 年,五十一歲的一茶躺在家鄉床鋪上寫了一首俳句——「躺著／像一個『大』字,／涼爽但寂寞啊」（大の字に寝て涼しさよ淋しさよ）——彼時單身的他雖感寂寞,但尚未逢中風之苦,躺下來後身體「大器」仍是涼的。而溽暑臥床、行動不便的子規,就無法像一茶般,大辣辣攤開四肢或五肢,讓全身清涼了。

207

　　告訴他們——
　　我只不過在須磨海邊
　　睡個午覺……

☆ことづてよ須磨の浦わに昼寝すと（1895）

kotozute yo / suma no urawa ni / hirune suto

譯註：原詩可作「言伝てよ／須磨の浦曲に／昼寝すと」。此詩有前書「請東歸的虛子遣此信息予東部諸友」，是1895年夏天在須磨療養的子規寫給來探訪他的門人兼好友高濱虛子（1874-1959），托其傳訊之作。「ことづて」（言伝て：kotozute），轉告、傳話；「浦わ」（浦曲：urawa），海灣。

208

　　午後
　　小睡，世間重荷
　　輕輕卸

☆世の中の重荷おろして昼寝哉（1895）

yononaka no / omoni oroshite / hirune kana

譯註：原詩可作「世の中の／重荷卸して／昼寝哉」。「おろして」（卸して：oroshite），卸下。

209

　　一隻蟾蜍

　　爬過來

　　偷聽八卦……

☆よって来て話聞き居る蟇（1895）

yotte kite / hanashi kikiiru / hikigaeru

譯註：「よって」（寄って：yotte），靠近、靠前；「聞き居る」（聞き入る：kikiiru），傾聽、專心聽；「蟇」（hikigaeru），蟾蜍。

210

　　投了二文錢

　　借寺廟簷下

　　納涼

☆二文投げて寺の椽借る涼み哉（1895）

nimon nagete / tera no en karu / suzumi kana

譯註：「椽」（en），簷廊、外廊。

211

佛,也把
門打開
納涼

☆御仏も扉をあけて涼みかな（1895）

mihotoke mo / tobira o akete / suzumi kana

譯註：原詩可作「御仏も／扉を開けて／涼み哉」。「あけて」（開けて／明けて：akete），打開。

212

故鄉啊,
父母皆安
壽司好滋味

☆ふるさとや親すこやかに鮓の味（1895）

furusato ya / oya sukoyakani / sushi no aji

譯註：原詩可作「故郷や／親健やかに／鮓の味」。「ふるさと」（furusato），故鄉；「すこやかに」（健やかに：sukoyakani），健康、安好；「鮓」（sushi），壽司。

213

　　倉房中
　　蝙蝠
　　飛聲暗

☆蝙蝠の飛ぶ音暗し蔵の中（1895）

kōmori no / tobu oto kurashi / kura no naka

譯註:「蔵」（kura），倉庫、庫房。

214

　　為飽受說教汙染的
　　耳朵——啊
　　布穀鳥的清音！

☆説教にけがれた耳を時鳥（1895）

sekkyō ni / kegareta mimi o / hototogisu

譯註：原詩可作「説教に／汚れた耳を／時鳥」。「けがれた」（汚れた：kegareta），汙染、玷汙；「時鳥」（hototogisu），即布穀鳥、杜鵑鳥。此詩也可譯如下——「聽罷說教耳染塵，忽聞杜鵑傳清音」。

215

  星星點點

  飛舞於小舟兩邊——

  啊,螢火蟲

☆すよすよと舟の側飛ぶ螢かな(1895)

suyosuyo to / fune no soba tobu / hotaru kana

譯註:「すよすよ」(suyosuyo),表示輕盈飄動的擬態語。

216

  正午蟬聲聒噪,

  各種叫賣聲

  都停止了⋯⋯

☆いろいろの売声絶えて蝉の昼(1895)

iroiro no / urigoe taete / semi no hiru

譯註:原詩可作「色色の/売声絶えて/蝉の昼」。「いろいろ」(色色:iroiro),各式各樣、各種。

217

鳴聲止歇,展翼
飛起的瞬間——
倏見蟬影現

☆鳴きやめて飛ぶ時蝉の見ゆる也（1895）

naki yamete / tobu toki semi no / miyuru nari

譯註：原詩可作「鳴き止めて／飛ぶ時蝉の／見ゆる也」。「やめて」（止めて：yamete），停止。

218

不知名的
大樹何其多啊,
蟬聲不斷

☆名も知らぬ大木多し蝉の声（1895）

na mo shiranu / toiboku ōshi / semi no koe

譯註：「名も知らぬ」（na mo shiranu），不知名,「ぬ」（nu）表示否定。

219

　　蝸牛——
　　挺著大觸角為餌
　　勾引雨雲

☆蝸牛や雨雲さそふ角のさき（1895）

dedemushi ya / amagumo sasou / tsuno no saki

譯註：原詩可作「蝸牛や／雨雲誘ふ／角の先」。「さそふ」（誘ふ：sasou），引誘；「さき」（先：saki），尖端。

220

　　啊，是神
　　把各色顏料灑在
　　紫陽花上哪！

☆紫陽花に絵の具をこぼす主哉（1895）

ajsai ni / enogu o kobosu / aruji kana

譯註：原詩可作「紫陽花に／絵の具を溢す／主哉」。紫陽花顏色多變，從初開花時的白色，陸續轉為綠、藍、紫、桃等色，有「七變化」的別名——何以致之？正岡子規此詩說，應該是造物主不慎打翻顏料盤，把各色顏料潑灑在其上造成的。「絵の具」（enogu），顏料；「こぼす」（溢す：kobosu），灑落；「主」（aruji），神、造物主。

221

　　火車駛過──
　　煙霧迴旋於
　　新葉叢中

☆汽車過ぎて煙うづまく若葉哉（1895）

kisha sugite / kemuri uzumaku / wakaba kana

譯註：原詩可作「汽車過ぎて／煙渦巻く／若葉哉」。「汽車」（kisha），指蒸汽火車；「うづまく」（渦巻く：uzumaku），打旋、迴旋。

222

　　無人的樹蔭下
　　一張椅子──
　　松針散落

☆人もなし木陰の椅子の散松葉（1895）

hito mo nashi / kokage no isu no / chirimatsuba

譯註：原詩可作「人も無し／木陰の椅子の／散松葉」。「木陰」（kokage），樹蔭。

223

　　新竹
　　四五支,庭院一角
　　舞青嫩

☆若竹や四五本青き庭の隅（1895）

wakatake ya / shigohon aoki / niwa no sumi

譯註:「若竹」(wakatake),幼竹、新竹。

224

　　罌粟花開──
　　啊,花開日也是
　　花謝風中日

☆芥子咲いて其日の風に散りにけり（1895）

keshi saite / sono hi no kaze ni / chirinikeri

譯註:「芥子」(keshi),罌粟;「咲いて」(saite),綻放、開花。

225
　　病起，
　　倚杖對
　　千山萬嶽之秋

☆病起杖に倚れば千山萬嶽の秋（1895）
yamai oki / tsue ni yoreba senzan / bangaku no aki

226

秋風——
啊,你與我活著,
相見

☆秋風や生きてあひ見る汝と我(1895)

akikaze ya / ikite aimiru / nare to ware

譯註:原詩可作「秋風や/生きて相見る/汝と我」。此詩寫於明治28年(1895)8月,詩中的「我」為子規,「你」為子規友人五百木瓢亭(1871-1937)。瓢亭以陸軍護士長身分從軍,甲午戰爭中在遼東半島炮煙彈火間出沒一年,幸運全命而歸。以記者身分隨軍赴戰場的子規,抵達時戰事雖已結束,但在歸國的船上咯血命危,於神戶、須磨療養後僥倖存活。子規於1895年8月20日出院回松山養病,途中於岡山過一夜,訪暫居此的瓢亭,感慨而有此詩。子規曾將兩人相逢之事,以〈夢乎?〉為題寫成一文發表。此詩讀後令人憫然,可與俳聖芭蕉1685年所寫之句——「廿年異地重逢/兩命之間/一場櫻花人生」(命二つの中に生きたる桜哉)參照體會。「あひ見る」(相見る/逢い見る:aimiru),相見、相逢。

227

　　出門
　　十步，秋日
　　海闊

☆門を出て十歩に秋の海廣し（1895）
mon o dete / juppo ni aki no / umi hiroshi

228

　　十月海上風平
　　浪靜，運載
　　蜜柑的船悠緩

☆十月の海は凪いだり蜜柑船（1895）
jūgatsu no / umi wa naidari / mikanbune

譯註：「凪いだり」（naidari），風平浪靜。

229

　　魚腥味中
　　漁村村民,月下
　　齊舞踊

☆生臭き漁村の月の踊かな（1895）

namagusaki / gyoson no tsuki no / odori kana

譯註:「生臭き」（namagusaki）,腥臊的、有腥味的。

230

　　舟上,橋上,
　　晾衣台上——啊,
　　大家都在賞月

☆舟に橋に物干に皆月見哉（1895）

fune ni hashi ni / monohoshi ni mina / tsukimi kana

譯註:「物干」（monohoshi）,晾衣台、晾曬場;「月見」（tsukimi）,賞月。

231

　　插妥桔梗花——
　　暫以此處
　　為我臨時書齋

☆桔梗活けてしばらく假の書齋哉（1895）

kikyō ikete / shibaraku kari no / shosai kana

譯註：原詩可作「桔梗活けて／暫く假の／書齋哉」。此詩寫於明治28年（1895）秋，有前書「借漱石寓所一間房住宿」。罹患肺結核的正岡子規，7月間在須磨療養院療後，8月回到家鄉松山，借住於在松山中學校任教的夏目漱石寓所「愚陀佛書齋」，子規住一樓，漱石住二樓，前後逾五十日。「活けて」（ikete），插（花）；「しばらく」（暫く：shibaraku），暫且；「假」（kari），臨時。

232

　　秋風涼，
　　水草之花
　　依然白

☆水草の花まだ白し秋の風（1895）

mizukusa no / hana mada shiroshi / aki no kaze

譯註：此詩寫於明治28年（1895）9月20日。「まだ」（mada），依然。

233

我命也,
抽到的籤說——
秋風

☆身の上や御鬮を引けば秋の風(1895)

minoue ya / mikuji o hikeba / aki no kaze

譯註:此詩亦寫於明治 28 年(1895)9 月 20 日,為子規於松山石手寺抽籤後所作。他抽到的籤寫著「凶:病會拖很久」,他在遺稿《散策集》(散步集)中記說「感覺很不可思議,對我打擊很大」。「身の上」(minoue),命運、身世;「御鬮」(mikuji),神籤、籤,「御」是尊稱。

234

秋末狂風
吹倒了
電線桿!

☆電信の柱を倒す野分かな(1895)

denshin no / hashira o taosu / nowaki kana

譯註:「野分」(nowaki),秋末狂風,颱風。

235

　　黃菊白菊外──
　　願添
　　一株紅！

☆黃菊白菊一もとは赤もあらまほし（1895）

kigiku shiragiku / hitomoto wa aka mo / aramahoshi

譯註：原詩可作「黃菊白菊／一本は赤も／有らまほし」。「一もと」（一本：hitomoto），一株、一棵；「あらまほし」（有らまほし／在らまほし：aramahoshi），但願有、但願在焉之意。

236

　　舊時武士家
　　今日成田地──
　　啊，秋茄子

☆武家町の畠になりぬ秋茄子（1895）

bukemachi no / hatake ni narinu / akinasubi

譯註：此詩寫於明治 28 年（1895）9 月 21 日。原詩可作「武家町の／畠に成りぬ／秋茄子」。「武家町」（bukemachi），武士階級的居住區；「畠」（hatake），田地；「なりぬ」（成りぬ：nariru），變成了。

237

  我懷疑一隻牛
  把那些曼珠沙花的
  葉子吃光了

☆ひょっと葉は牛が喰ふたか曼珠沙花（1895）

hyotto ha wa / ushi ga kūta ka / manjushage

譯註：此詩寫於明治28年（1895）9月21日。「ひょっと」（hyotto），也許、可能；「喰ふた」（喰うた：kūta），吃了；「曼珠沙花」（manjushage），另有彼岸花、天上之花、龍爪花、石蒜等名稱。

238

  煙火結束──
  人散
  天暗

☆人かへる花火のあとの暗さ哉（1895）

hito kaeru / hanabi no ato no / kurasa kana

譯註：此詩寫於明治28年（1895）9月21日。原詩可作「人帰る／花火の後の／暗さ哉」。「かへる」（帰る／返る：kaeru），歸去；「あと」（後：ato），之後。

239

　　打死蜘蛛後益覺

　　空寂——

　　啊，寒夜

☆蜘殺すあとの淋しき夜寒哉（1895）

kumo korosu / ato no sabishiki / yosamu kana

譯註：「淋しき」（寂しき：sabishiki），冷清、寂寞。

240

　　前廳燈

　　亦滅——

　　夜寒哉

☆次の間の灯も消えて夜寒哉（1895）

tsuginoma no / tomoshi mo kiete / yosamu kana

譯註：「次の間」（tsuginoma），前廳、外間。

241

長夜
讀《水滸傳》──
妙哉

☆長き夜の面白きかな水滸傳（1895）
nagaki yo no / omoshiroki kana / suikoden
譯註：「面白き」（omoshiroki），有趣、令人愉悅。

242

漫漫長夜──
猴子盤算著怎樣把
月亮摘下

☆長き夜を月取る猿の思案哉（1895）
nagaki yo o / tsuki toru saru no / shian kana
譯註：「思案」（shian），思量、盤算、左思右想。

243

　　秋風中
　　下馬
　　問川名

☆馬下りて川の名問へば秋の風（1895）
uma orite / kawa no na toeba / aki no kaze

244

　　二三匹馬
　　既繫，新酒
　　一罇同歡！

☆二三匹馬繫ぎたる新酒かな（1895）
nisanbiki / uma tsunagitaru / shinshu kana

245
　　啊,有著木槿花籬,
　　只賣草鞋的
　　一家小店!

☆木槿垣草鞋ばかりの小店哉(1895)
mokugegaki / waraji bakari no / komise kana
譯註:「ばかり」(許り:bakari):只有、唯有。

246
　　晚鐘響
　　寺院——熟柿
　　落聲清

☆晩鐘や寺の熟柿の落つる音(1895)
banshō ya / tera no jukushi no / otsuru oto

247

稻穗耀金,
溫泉街區底下
兩百戶人家

☆稻の穂に温泉の町低し二百軒(1895)

ine no ho ni / yu no machi hikushi / nihyakken

譯註:此詩有前書「鷺谷眺望」,所寫溫泉即子規家鄉「道後溫泉」。1895 年 10 月 6 日,子規與夏目漱石來此共遊。子規遺稿《散策集》中說「今天星期日,天氣晴朗,我的病也好轉,遊興勃然,與漱石共遊道後。三層之樓高聳天際,不斷吸引前來沐浴的旅人。」訪道後溫泉本館後,子規去鷺谷大禪寺參拜曾祖母之墓。此詩是從通往鷺谷墓地的山路上俯瞰道後溫泉街區,可以看到鱗次櫛比的店鋪和住家掩映在金色稻穗中。

248

　　秋風起兮──
　　煙花巷
　　在十步外

☆色里や十歩はなれて秋の風（1895）

irozato ya / juppo hanarete / aki no kaze

譯註：此詩有前書「道後寶嚴寺」，是子規1895年10月6日與夏目漱石同訪道後溫泉附近寶嚴寺後所作。「色里」（irozato），煙花巷，花柳街。「はなれて」（離れて：hanarete），距離、相隔。

249

　　木槿花盛開──
　　家家戶戶
　　織布聲……

☆花木槿家ある限り機の音（1895）

hanamukuge / ie aru kagiri / hata no oto

譯註：明治28年（1895）10月7日，子規乘人力車（黃包車）前往今出，訪俳人、企業家村上霽月（1869-1946）後寫成此詩。今出，在今松山市西垣生町，昔以產「鹿折」（かすり，或稱「絣」，碎白點花紋布）出名。「家ある限り」（家有る限り：ie aru kagiri），「只要有家就……」之意；「機」（hata），指織布機。本詩直譯大致為「木槿花開──只要有家的地方，就有織布機之聲」。

250

> 我去，
> 你留——
> 兩個秋天

☆行く我にとどまる汝に秋二つ（1895）

yuku ware ni / todomaru nare ni / aki futatsu

譯註：原詩可作「行く我に／留まる汝に／秋二つ」。1895 年 8 月，二十九歲的正岡子規因肺結核回家鄉松山療養，借住於友人夏目漱石寓所，從 8 月 27 日至 10 月 17 日共五十二日。辭別漱石要回東京之際，他寫下此首名作，回應漱石贈他的「送子規回東京」之句——「起身回鄉，／你當先起身／菊下共飲新酒」（御立ちやるか，御立ちやれ新酒菊の花）。漱石贈詩中刻意使用了兩次「立ち」（起身、出發、開始之意）。子規也以「二」大做文章，可謂妙來妙往。深秋別離，「我去，你留」明明是同一個秋天、同一年之事，卻說有「兩個秋天」。我們當然可以將之解釋成「你守著松山的秋天，而我奔赴東京之秋」。但我們覺得此詩另有一種獨特的「數學美」——子規不直言秋日離別之愁，卻避重就輕，透過被離愁、思念重壓、扭曲了的「數學頭腦」算出奇怪的總數：我離開此地的「今年秋天」+ 你留在此地的「今年秋天」=「兩個秋天」。因為你我雙重的離愁，秋天加倍有感！這樣的數學奇才，可媲美昔人的「一日不見，如隔三秋」。「とどまる」（留まる：todomaru），留下來。

251

  秋暮——
  十一人中,一人
  獨去

☆十一人一人になりて秋の暮（1895）

jūichinin / hitori ni narite / aki no kure

譯註：原詩可作「十一人／一人に成りて／秋の暮」。1895 年 10 月 18 日——子規別家鄉松山回東京前夕,子規指導的松山俳社「松風會」會員十人前來與子規舉杯送行。十人離開後,子規寫了此詩（以及下面一首）。此後再也不曾回松山。「なりて」（成りて：narite）,成為——「十一人一人に成りて」,意即由十一人變成一人、由十一人減為形單影隻。

252

  桔梗花燦時來
  菊花綻放時去——
  啊,來去何匆匆……

☆せわしなや桔梗に來り菊に去る（1895）

sewashina ya / kikyō ni kiri / kiku ni saru

譯註：原詩可作「忙しなや／桔梗に來り／菊に去る」。「せわしな」（忙しな：sewashina）,匆忙的。

253

秋去也——
再一次,我被
呼為「旅人」

☆行く秋のまた旅人と呼ばれけり(1895)
yuku aki no / mata tabibito to / yobarekeri

譯註:此詩有前書「離開松山之際」,為 1895 年 10 月正岡子規結束在家鄉松山五十餘日停留,要回東京時所詠。此詩讓人想起俳聖芭蕉 1687 年所寫名句——「但願呼我的名為／『旅人』——／初冬第一場陣雨」(旅人と我が名呼ばれん初時雨)。「また」(又:mata),又、再一次。

254

秋將盡也——
我無神
無佛

☆行く秋の我に神無し佛無し(1895)
yuku aki no / ware ni kami nashi / hotoke nashi

255

　　秋深，
　　奈良小寺
　　鐘響

☆行く秋や奈良の小寺の鐘を撞く（1895）
yuku aki ya / nara no kodera no / kane o tsuku

256

　　秋
　　深——
　　奈良盡古寺古佛

☆行く秋や奈良は古寺古佛（1895）
yuku aki ya / nara wa furudera / furuhotoke

257

　　柿子
　　入我口,鐘鳴
　　法隆寺……

☆柿食へば鐘が鳴るなり法隆寺(1895)
kaki kueba / kane ga narunari / hōryūji

譯註:此詩有前書「法隆寺茶店小憩」,可說是正岡子規最有名的俳句。1895 年 10 月 19 日,結束了在家鄉近兩個月療養生活,與夏目漱石等友人辭別後的子規,黎明時分於松山三津濱登船,經廣島、須磨、大阪、奈良等地,於 10 月 31 日回到東京。途中於奈良,順路參訪了東大寺周邊、藥師寺、法隆寺等處,此首俳句即此際寫成。法隆寺興建於 607 年,是世界上現存最古老的木造建築。子規此詩既簡單又曖昧,讓一代代學者、讀者困惑、思索不已——寺廟之「古」,對照鮮明在眼前的「今」日之柿;味覺的、視覺的、張口咬紅柿的「剎那」,對照聽覺的、空間的、悠遠「恒久」的寺廟鐘聲;公共的、珍貴的世界文化財,對照(子規)個人珍愛、嗜食的柿子此一小物——一靜一動、一宏一微之間,俳句的火花如是迸出!夏目漱石曾作過一首「建長寺／鐘鳴,銀杏／紛紛落……」(鐘つけば銀杏ちるなり建長寺),刊於同年 9 月 6 日的《海南新聞》。

258

　　破敗
　　貧乏寺前：啊一株
　　芭蕉

☆破れ盡す貧乏寺の芭蕉哉（1895）

yaretsukusu / binbōdera no / bashō kana

譯註：「破れ盡す」（yaretsukusu），破敗殆盡；「貧乏寺」（binbōdera），貧窮、貧乏的寺廟。

259

　　冬已至——
　　今年與病鬥，苦讀
　　古書兩百卷

☆冬や今年我病めり古書二百卷（1895）

fuyu ya kotoshi / ware yameri kosho / nihyakukan

260

陰曆十月小陽春——
窗戶大開
遠眺上野山光

☆あけ放す窓は上野の小春哉（1895）

akehanasu / mado wa ueno no / koharu kana

譯註：此詩有前書「病後」，為明治 28 年（1895）11 月之作。養病松山兩個月的子規，回到東京根岸「子規庵」，大開病床邊之窗，欣然眺望不遠處的上野山。「あけ放す」（開け放す／明け放す：akehanasu），開放、打開。

261

大年三十——
青磁之瓶
插梅花！

☆梅活けし青磁の瓶や大三十日（1895）

ume ikeshi / seiji no kame ya / ōmisoka

譯註：「活けし」（ikeshi），插著；「大三十日」（ōmisoka，大年三十），又稱大晦日，一年最後一天，陰曆為 12 月 30 日，陽曆為 12 月 31 日。

262

　　大年三十，
　　梅花插就──
　　待君臨寒舍

☆梅活けて君待つ庵の大三十日（1895）
ume ikete / kimi matsu io no / ōmisoka

譯註：此詩有前書「漱石約好來訪」。漱石即夏目漱石。

263

　　大年三十──
　　漱石來了，
　　虛子也來了！

☆漱石が來て虛子が來て大三十日（1895）
sōseki ga / kite kyoshi ga kite / ōmisoka

譯註：此詩有前書「漱石、虛子來訪」。夏目漱石與高濱虛子是子規的至友，明治 28 年（1885）12 月 31 日──歲末之日，兩人一同來訪在東京根岸的子規庵，讓病床上的子規大喜。

264

    此夜火車行，初冬

    陣雨紛紛：才過富士山

    又見足柄山……

☆汽車此夜不二足柄としぐれけり（1895）

kisha kono yo / fuji ashigara to / shigurekeri

譯註：原詩可作「汽車此夜／不二足柄と／時雨けり」。「汽車」（kisha），指蒸汽火車；「不二」（ふじ／富士：fuji），即「富士山」；「足柄」（ashigara），足柄山，在神奈川縣和靜岡縣交界處，是「金太郎傳奇」（參閱本書第48、491首）的發源地；「しぐれ」（時雨：shigure），初冬陣雨。

265

    夜雪紛飛——

    金殿

    燈火細

☆金殿のともし火細し夜の雪（1895）

kinden no / tomoshibi hososhi / yoru no yuki

譯註：原詩可作「金殿の／灯火細し／夜の雪」。「金殿」（kinden），金碧輝煌的宮殿或寺廟；「ともし火」（灯火：tomoshibi），燈火。

266

    大佛的
    一隻臂膀上，雪
    融解了

☆大佛の片肌雪の解けにけり（1895）
daibutsu no / katahada yuki no / tokenikeri
譯註：「片肌」(katahada)，（露出的）一隻臂膀。

267

    山村
    積雪底下——
    啊，水聲！

☆山里や雪積む下の水の音（1895）
yamazato ya / yuki tsumu shita no / mizu no oto
譯註：「山里」(yamazato)，山村。

268
　　冬夜月光下
　　樹影晃動，
　　彷彿我身影

☆木の影や我影動く冬の月（1895）
ki no kage ya / waga kage ugoku / fuyu no tsuki

269
　　寒月下
　　石塔之影
　　杉之影

☆寒月や石塔の影杉の影（1895）
kangetsu ya / sekitō no kage / sugi no kage

270

　　歲末大掃除──
　　神與佛也在
　　草地上排排坐

☆煤拂や神も佛も草の上（1895）
susuhaki ya / kami mo hotoke mo / kusa no ue
譯註：「煤掃」（煤掃き：susuhaki），歲末大掃除。

271

　　我妹妹
　　用鋸子鋸炭──
　　兩手全黑

☆鋸に炭切る妹の手ぞ黑き（1895）
nokogiri ni / sumi kiru imo no / te zo kuroki
譯註：「切る」（kiru），切割、切鋸。

272

唐土之春
奈良秋——所見
盡收冬籠中

☆唐の春奈良の秋見て冬籠（1895）
kara no haru / nara no aki mite / fuyukomori

譯註：明治28年（1895）4月，甲午戰爭期間，正岡子規以戰地記者身分被派往中國遼東半島。5月17日於歸國的船上咯血，5月23日入神戶醫院，病況嚴重。7月23日轉至須磨療養院療治。8月出院後回到家鄉松山，8月27日起借住於任教松山中學校的友人夏目漱石寓所「愚陀佛書齋」，前後五十二日。10月末回東京，途中經奈良，訪東大寺周邊、藥師寺、法隆寺等處。本書第250首「我去你留」、257首「法隆寺」等名句即寫於此際。11月之後「冬籠」幽居東京家中的子規，回想自己這劇烈變動的一年，動人地將之凝縮成此首俳句。「見て」（mite），見過。

273

 我決定了——
 有山茶花處,就是
 我的書齋

☆山茶花のここを書齋と定めたり(1895)

sazanka no / koko o shosai to / sadametari

譯註:原詩可作「山茶花の／此処を書齋と／定めたり」。

274

 元旦日——
 無是無非,
 皆眾生也

☆元日は是も非もなくて眾生也(1896)

ganjitsu wa / ze mo hi mo nakute / shujô nari

譯註:原詩可作「元日は／是も非も無くて／眾生也」。

275

春日晝長──
舟與岸
對話不完

☆舟と岸と話して居る日永哉（1896）

fune to kishi / to hanashite iru / hinaga kana

譯註:「居る」（iru），始終在……，持續在……，表示動作持續進行。

276

一輪鳶尾花
春暮
色更白

☆いちはつの一輪白し春の暮（1896）

ichihatsu no / ichirin shiroshi / haru no kure

譯註：原詩可作「鳶尾の／一輪白し／春の暮」。「いちはつ」（鳶尾：ichihatsu），鳶尾花；「一輪」（ichirin），一朵。

277

春夜——
沒有妻子的男人
讀什麼?

☆春の夜や妻なき男何を読む(1896)

haru no yo ya / tsuma naki otoko / nani o yomu

譯註:原詩可作「春の夜や／妻無き男／何を読む」。詩中「沒有妻子的男人」,或即是一生單身的子規的自況、自嘲——有妻子的男人,春夜讀妻子都讀不完了,何須翻書?而且說不定還「讀她千遍也不厭倦」呢。

278

春夜——
尺八聲起,
悠悠門外過……

☆春の夜を尺八吹いて通りけり(1896)

haru no yo o / shakuhachi fuite / tōrikeri

譯註:「尺八」(shakuhachi),類似簫的日本樂器,通常以竹製成。

279

　　春雨——

　　渡船上，傘

　　高高低低……

☆春雨や傘高低に渡し舟（1896）

harusame ya / kasa takahiku ni / watashibune

譯註：此詩頗可愛，以傘的高高低低、忽高忽低，表現船的動感。

280

　　灑落

　　春風中……多紅啊

　　我的牙粉

☆春風にこぼれて赤し歯磨粉（1896）

harukaze ni / koborete akashi / hamigakiko

譯註：原詩可作「春風に／溢れて赤し／歯磨粉」。「こぼれて」（溢れて／零れて：koborete），灑落。子規晨起預備刷牙，一陣風突來，把紅色的牙粉吹散四處，遂有此色感鮮明的奇詩。他的弟子高濱虛子曾說，當初大家看了此詩都覺得非常震撼，從沒想到「歯磨粉」（hamigakiko，牙粉）這種不詩意的普通東西，也能入詩成句。

281

台灣啊,
地面升騰的熱氣
似會飄毒……

☆台湾や陽炎毒を吹くさうな(1896)

taiwan ya / kagerō doku o / fukusōna

譯註:「陽炎」(kagerō),陽氣,春夏陽光照射地面升起的遊動氣體;「吹く」(fuku),吹起、飄起;「さうな」(そうな:sōna),據說、似乎。正岡子規沒去過台灣,但寫過這麼一首「想像」(亞)熱帶「異域」台灣之詩。

282

都賞櫻花去了
只有我一人在家
──啊,地震

☆只一人花見の留守の地震かな(1896)

tada hitori / hanami no rusu no / jishin kana

譯註:此詩寫於1896年春。1896年2月子規左腰腫脹,劇烈疼痛,3月時診斷為脊椎骨疽,並進行手術。此疾使他此後行動不便,臥床日多。「留守」(rusu),在家、看家。

283

啊,那只大風箏
連老鷹
也敬之遠之

☆大凧に近よる鳶もなかりけり(1896)

ōtako ni / chikayoru tobi mo / nakarikeri

譯註:「大凧」(ōtako),大風箏;「鳶」(tobi),老鷹;「なかりけり」(無かりけり:nakarikeri),無、沒有,意指連老鷹都不敢接近者。

284

夜臨——
我們家的貓「芋麻」
等著隔壁的貓「多麻」呢

☆内のチヨマが隣のタマを待つ夜かな(1896)

uchi no choma ga / tonari no tama o / matsu yo kana

譯註:「内」(uchi),家中、我們家;「チヨマ」(ちよま:choma)、「タマ」(たま:tama),皆貓名。詩中的母貓與公貓,實有其名地存在於子規現實生活中。

285

  彼此互瞪著眼——
  啊,兩隻
  尋找戀情的貓

☆両方で睨みあひけり猫の恋（1896）

ryōhō de / niramiaikeri / neko no koi

譯註：原詩可作「両方で／睨み合いけり／猫の恋」。「睨みあひ」（睨み合い：niramiai），互相瞪視著、互相盯視著。

286

  啊,白梅
  以其白
  彰顯堅韌！

☆白梅の白きを以て強きかな（1896）

shiraume no / shiroki o motte / tsuyoki kana

譯註：「強き」（tsuyoki），強勁、堅韌。

287
　　美人來我夢，
　　自言
　　梅花精

☆夢に美人来れり曰く梅の精と（1896）
yume ni bijin / koreri iwaku / ume no sei to

譯註：「曰く」（iwaku），曰、言、說。

288
　　柳樹旁
　　候船，牛啊
　　兩三隻

☆柳あり舟待つ牛の二三匹（1896）
yanagi ari / funematsu ushi no / nisanbiki

譯註：「柳あり」（柳有り：yanagi ari），意指有柳樹（的岸邊）或柳樹旁。

289

　　山櫻花落在
　　大佛
　　髒了的臉上

☆大仏のよごれた顔や山桜（1896）

daibutsu no / yogoreta kao ya / yamazakura

譯註：原詩可作「大仏の／汚れた顔や／山桜」。「よごれた」（汚れた：yogoreta），汙濁的、滿是汙垢的。

290

　　既落的，正
　　落的，未落的
　　櫻花啊……

☆散った桜散る桜散らぬ桜哉（1896）

chitta sakura / chiru sakura chiranu / sakura kana

譯註：「散った桜」（chitta sakura），已散落的櫻花；「散る桜」（chiru sakura），正在散落的櫻花；「散らぬ桜」（chiranu sakura），尚未散落的櫻花，「ぬ」（nu）表示否定。此詩亦可與江戶時代良寬名句「落櫻，／殘櫻，／皆落櫻……」（散る桜残る桜も散る桜）對照閱讀。

291

　　櫻花燦開――
　　所思之人皆
　　已遠去……

☆花咲いて思ひ出す人皆遠し（1896）

hana saite / omoidasu hito / mina tōshi

譯註:「咲いて」（saite），綻放、燦開。

292

　　絕壁凹處
　　杜鵑花開――
　　一尊佛立在那裡

☆つつじ咲く絶壁の凹み仏立つ（1896）

tsutsuji saku / zeppeki no kubomi / hotoke tatsu

譯註：原詩可作「躑躅咲く／絶壁の凹み／仏立つ」。「つつじ」（躑躅：tsutsuji），杜鵑花；「さく」（咲く：saku），綻放。

293

萩花,桔梗花
撫子花……
啊,都萌芽了

☆萩桔梗撫子なんど萌えにけり(1896)

hagi kikyō / nadeshiko nando / moenikeri

譯註:「撫子」(なでしこ:nadeshiko),撫子花,日本「秋之七草」之一,中文稱瞿麥或石竹花;「なんど」(nando)意即「など」(等:nado),等等的、之類的;「萌えにけり」(moenikeri),已經萌芽、發芽了之意。

294

跟十二層高的大樓相比，
夏天的富士山
約只五層高

☆十二層楼五層あたりに夏の不二（1896）
jūnisōrō / gosō atari ni / natsu no fuji

譯註：「あたり」（辺り：atari），大約、左右。此詩是子規一首反映時代最新情狀之作，詩中的「十二層楼」指1890年竣工、高52公尺的明治時代日本最高建築「凌雲閣」。此「摩天大樓」位於東京淺草，又有「淺草十二階」之名，樓內除商店外，十到十二層是供遊客觀賞風景的展望室與展望台，樓內並有日本第一台電梯。子規這首輕快的俳句，風趣地說從此大樓頂處望去，（主峰海拔3776公尺的）富士山看起來都顯得很小。1923年9月1日關東大地震，此大樓八樓以上倒塌，同年9月23日整棟建築被陸軍工兵隊爆破解體。

295

　　五六月——
　　啊,正是我
　　臥讀時節!

☆寝ころんで書読む頃や五六月(1896)

nekoronde / fumi yomu koro ya / gorokugatsu

譯註:「寝ころんで」(寝転んで:nekoronde),橫臥、隨意躺下。

296

　　五月雨——
　　紅薔薇白薔薇
　　全淋亂

☆赤き薔薇白き薔薇皆さみだるる(1896)

akaki bara / shiroki bara kai / samidaruru

譯註:原詩中的「さみだるる」(samidaruru)有兩個意思,一為「五月雨る」(samidaruru,「五月雨」〔samidare〕降),一為「さ乱る」(samidaruru,混亂、散亂)。

297

夏日綠風
吹書案,
白紙盡飛散

☆夏嵐机上の白紙飛び尽す(1896)

natsuarashi / kijō no hakushi / tobi tsukusu

譯註:「夏嵐」(natsuarashi),萬綠間吹過的夏日之風——另有「綠風」(ryokufū)一詞,指吹過綠葉的初夏之風;「机上」(kijō),桌上、書案上。

298

午後雷陣雨——
啊,驚動了一整排
馬屁股

☆夕立や並んでさわぐ馬の尻(1896)

yūdachi ya / narande sawagu / uma no shiri

譯註:原詩可作「夕立や/並んで騷ぐ/馬の尻」。「夕立」(yudachi),驟雨、午後雷陣雨;「並んで」(narande),並排、並列;「さわぐ」(騷ぐ:sawagu),騷動、驚動;「尻」(shiri),屁股。

299

　　青青稻田上
　　雙彩虹
　　映空！

☆二筋に虹の立ったる青田哉（1896）

futasuji ni / niji no tattaru / aota kana

譯註：「二筋」（futasuji），兩條、兩道；「立ったる」（tattaru），聳立、出現。

300

　　夏川——啊，
　　我的馬不過橋
　　情願橋下涉水行

☆夏川や橋あれど馬水を行く（1896）

natsukawa ya / hashi aredo uma / mizu o yuku

譯註：「あれど」（有れど：aredo），雖然有（橋）之意。

301

　　哈，六十歲的婦人
　　依然稱作是
　　「插秧姑娘」！

☆六十のそれも早乙女とこそ申せ（1896）

rokujū no / soremo saotome to / koso mōse

譯註：「それも」（其れも：soremo），然而、儘管如此；「早乙女」（saotome），插秧姑娘；「申せ」（mōse），稱作、叫作。此詩頗有趣。明治維新後進入「現代化」階段的日本，農耕有機械相助，六十歲的婦女照樣可活躍田間，依舊享有「插秧姑娘」的美名。

302

　　道後溫泉
　　盡洗
　　十年汗！

☆十年の汗を道後の溫泉に洗へ（1896）

jūnen no / ase o dōgo no / yu ni arae

譯註：位於子規家鄉松山的道後溫泉，是日本三「古湯」（古老溫泉）之一。

303

    歌書、俳書
    雜亂堆——晝寢
    我最會！

☆歌書俳書紛然として昼寝哉（1896）

kasho haisho / funzen toshite / hirune kana

譯註：「歌書俳書」（kasho haisho），即短歌集、俳句集；「紛然」（funzen），紛亂、雜亂；「として」（toshite），表狀態，「處於……狀態」之意。

304

    洗完澡後
    簷下納涼，讓
    風吹乳頭

☆湯上りや乳房吹かるる端涼み（1896）

yuagari ya / chibusa fukaruru / hashisuzumi

譯註：「湯上り」（yuagari），指泡完溫泉後從浴池起身；「端涼み」（hashisuzumi），坐在屋簷下或廊邊納涼。

305

  棲息於
  寺廟鐘上──
  閃爍的一隻螢火蟲

☆釣鐘にとまりて光る螢かな（1896）

tsurigane ni / tomarite hikaru / hotaru kana

譯註：原詩可作「釣鐘に／止まりて光る／螢哉」。「釣鐘」（tsurigane），寺廟大鐘：「とまりて」（止まりて：tomarite），止息、停留。師法，甚至模仿前輩大師，本身就是俳句傳統的一部分。子規的前輩俳人與謝蕪村（1716-1783）曾寫有此類似之句──「棲息於／寺廟鐘上──／熟睡的一隻蝴蝶」（釣鐘にとまりて眠る胡蝶かな）。在有限的形式裡做細微的變化，是俳句的藝術特質之一，與其說是抄襲、剽竊，不如說是一種向前人致敬的方式，亦類似中國詩人的用典。

306

蟬鳴唧唧——
一霎間，被
一陣火車聲壓過

☆蝉の声しばらく汽車に押されけり（1896）

semi no koe / shibaraku kisha ni / osarekeri

譯註：原詩可作「蝉の声／暫く汽車に／押されけり」。「しばらく」（暫く：shibaraku），暫時、片刻、一霎；「汽車」（kisha），指蒸汽火車；「押されけり」（osarekeri），被壓倒、被淹沒。

307

紅薔薇上
一隻淡綠色蜘蛛
爬動

☆赤薔薇や萌黄の蜘の這ふて居る（1896）

akabara ya / moegi no kumo no / haute iru

譯註：「萌黄」，同「萌葱」（moegi），淡綠色；「這ふて」（haute），爬行；「居る」（iru），表示動作持續進行，「正在」之意。

308

  刺紅
  葉紅,薔薇的
  枝其嫩……

☆とげ赤し葉赤し薔薇の枝若し（1896）

toge akashi / ha akashi bara no / eda wakashi

譯註：原詩可作「刺赤し／葉赤し薔薇の／枝若し」。「とげ」（刺：toge），刺；「若し」（wakashi），嫩的。此詩詠初夏初發新枝的薔薇散發之生命力,頗為可愛。

309

  夏日晚風
  至——白薔薇花
  皆動……

☆夕風や白薔薇の花皆動く（1896）

yūkaze ya / shirobara no hana / mina ugoku

310
　　我庭
　　薔薇與葵花
　　並放

☆我庭の薔薇も葵も咲きにけり（1896）

waga niwa no / bara mo aoi mo / sakinikeri

譯註：此詩有前書「病中」，寫於明治 29 年（1896）夏。子規庵小庭園中，既有西洋的薔薇，又有東洋古有的葵花，東西合璧，頗令病床生活中的詩人喜。「咲きにけり」（sakinikeri），「已綻放了」之意。

311
　　紫陽花——
　　雨中淡藍
　　月下湛藍

☆紫陽花の雨に浅黄に月に青し（1896）

ajisai no / ame ni asagi ni / tsuki ni aoshi

譯註：「浅黄」，同「浅葱」（asagi），淡青色、淡藍色；「青し」（aoshi），青色的、藍色的。

312

　　三千兵固守
　　堡壘——
　　被新葉所圍

☆三千の兵たてこもる若葉哉（1896）

ssanzen no / hei tatekomoru / wakaba kana

譯註：原詩可作「三千の／兵立て籠る／若葉哉」。「たてこもる」（立て籠る：tatekomoru），閉門不出，固守、據守。

313

　　他沒入
　　夏日繁茂樹林中，
　　不見人跡

☆夏木立入りにし人の跡もなし（1896）

natsukodachi / irinishi hito no / ato mo nashi

譯註：原詩可作「夏木立／入りにし人の／跡も無し」。「夏木立」（natsukodachi），夏季繁茂的樹木。

314

　　夕顏花——

　　啊，一口

　　京都音的女子……

☆夕顔に都なまりの女かな（1896）

yūgao ni / miyako namari no / onna kana

譯註：原詩可作「夕顔に／都訛りの／女哉」。「都なまり」（都訛り：miyako namari），帶有京都口音的。此詩將白色夕顏花與（優雅的，帶京都口音的）女子的容姿相比。

315

　　鳥鳴

　　谷靜也——

　　夏蕨

☆鳥鳴いて谷静かなり夏蕨（1896）

tori naite / tani shizuka nari / natsuwarabi

譯註：原詩可作「鳥鳴いて／谷静か也／夏蕨」。「夏蕨」（natsuwarabi），夏季出現的蕨菜。沈括在《夢溪筆談》中提到王安石集六朝謝貞與唐朝王籍詩的句聯「風定花猶落，鳥鳴山更幽」，子規此詩顯轉化自此聯下句。

316

綠草繁茂──
棒球場壘間跑道
白光閃耀

☆草茂みベースボールの道白し（1896）

kusa shigemi / bēsubōru no / michi shiroshi

譯註：「ベースボール」（bēsubōru），英語baseball，棒球。正岡子規寫了許多棒球俳句，他從學生時代就熱衷棒球，常與朋友們在東京上野公園練球、對陣，可說是第一代的日本棒球選手。有許多棒術語（譬如「打者」、「走者」、「直球」、「飛球」）都是他翻譯的。死後百年（2002年），他進入日本野球殿堂（棒球名人堂）。上野公園中現有一座正岡子規紀念球場。

317

早晨的秋天
細雲
流動如白沙

☆砂の如き雲流れ行く朝の秋（1896）

suna no gotoki / kumo nagare yuku / asa no aki

譯註：「如き」（gotoki），如同。

318

　　雲疾疾
　　追雲──
　　陰曆九月初一

☆雲走り雲追ひ二百十日哉（1896）

kumo hashiri / kumo oi nihyaku / tōka kana

譯註：「走り」（hashiri），跑、急行；「二百十日」（nihyakutōka），從立春起算第二百一十天，約在九月一日左右，常有颱風，常被視為厄日。

319

　　朝寒──
　　小和尚輕快地
　　唸著經

☆朝寒や小僧ほがらかに經を讀む（1896）

asasamu ya / kozō hogarakani / kyō o yomu

譯註：原詩可作「朝寒や／小僧朗らかに／經を讀む」。「ほがらかに」（朗らかに：hogarakani），開朗地、爽快地。

320

　　寒氣漸濃，
　　沒有半隻蟲子
　　靠近燈……

☆やや寒み灯による虫もなかりけり（1896）

yaya samumi / hi ni yoru mushi mo / nakarikeri

譯註：原詩可作「漸寒み／灯に寄る虫も／無かりけり」。「やや」（漸／稍：yaya），稍稍、慢慢；「よる」（寄る：yoru），靠近、接近；「なかりけり」（無かりけり：nakarikeri），無、沒有。

321

　　大寺，
　　燈稀──
　　夜寒哉

☆大寺のともし少き夜寒哉（1896）

ōdera no / tomoshi sukunaki / yosamu kana

譯註：原詩可作「大寺の／灯少き／夜寒哉」。「ともし」（灯：tomoshi），燈火。

322
  寒夜——
  澡堂裡
  有人穿走了我的木屐

☆錢湯で下駄換へらるる夜寒かな（1896）

sentō de / geta kaeraruru / yosamu kana

譯註：「錢湯」（sentō），公共澡堂；「下駄」（geta），木屐；「換へらるる」（kaeraruru），被換了。

323
  秋深夜寒，
  牧師一人
  信徒四五人

☆牧師一人信者四五人の夜寒かな（1896）

bokushi hitori / shinja shigonin no / yosamu kana

324

　　長夜翻讀
　　《三國志》直至
　　孔明斷氣

☆長き夜や孔明死する三國志（1896）
nagaki yo ya / kōmei shisuru / sangokushi

譯註：子規顯然嗜讀中國章回小說，第 241 首譯詩中，他長夜閱讀《水滸傳》。

325

　　長夜漫想
　　千年後
　　未來景……

☆長き夜や千年の後を考へる（1896）
nagaki yo ya / chitose no nochi o / kangaeru

譯註：「考へる」（kangaeru），思考、想像。

326

曲藝場散場
上野鐘聲鳴盪
啊,夜未央……

☆寄席はねて上野の鐘の夜長哉(1896)

yose hanete / ueno no kane no / yonaga kana

譯註:原詩可作「寄席跳ねて/上野の鐘の/夜長哉」。「寄席」(yose),指表演「落語」的曲藝場,子規和夏目漱石都喜歡看這種日本「單口相聲」的表演;「はねて」(跳ねて:hanete),散場、散戲。

327

啊,閃電!
臉盆最下面——
野地裡的忘水

☆稲妻や盥の底の忘れ水(1896)

inazuma ya / tarai no soko no / wasuremizu

譯註:「稲妻」(inazuma),閃電;「盥」(tarai),水盆、臉盆;「忘れ水」(忘水:wasuremizu),指流動於野地樹叢或岩石間,隱密不為人知的水。

328

 颱風夜——
 讀書
 心不定

☆野分の夜書讀む心定まらず（1896）

nowaki no yo / fumi yomu kokoro / sadamarazu

譯註：「野分」（nowaki），狂風、颱風；「心定まらず」（kokoro sadamarazu），心神不定，「ず」（zu）表示否定。

329

 牛鳴聲哞哞——
 是哀牛郎織女星
 終須一別嗎？

☆もうもうと牛鳴く星の別れ哉（1896）

mōmō to / ushi naku hoshi no / wakare kana

譯註：「もうもう」（mōmō），擬聲詞，形容牛「哞哞」鳴的低沉聲。

330

　　月夜——
　　野雁沿鐵路
　　低飛

☆汽車道に低く雁飛ぶ月夜哉（1896）
kishamichi ni / hikuku kari tobu / tsukiyo kana

譯註：「汽車道」（kishamichi），鐵路。

331

　　木犀花開——
　　母親教我彈
　　二弦琴

☆木犀や母が教ふる二絃琴（1896）
mokusei ya / haha ga oshiuru / nigenkin

332

雖然即將死去，
猶喧鬧鳴唱更勝於前
——啊，秋蟬

☆死にかけて猶やかましき秋の蝉（1896）

shinikakete / nao yakamashiki / aki no semi

譯註：原詩可作「死に掛けて／猶や喧しき／秋の蝉」。「死にかけて」（死に掛けて：shinikakete），瀕死、將死；「やかましき」（喧しき：yakamashiki），喧鬧。小林一茶 1820 年時也有一首秋蟬之句「臉上仰／墜落，依然歌唱——／秋蟬」（仰のけに落て鳴けり秋の蝉）。

333

周圍無人，
一顆爆裂、彈跳出的栗子
嚇到了貓……

☆人も居らず栗はねて猫を驚かす（1896）

hito mo orazu / kuri hanete / neko o odorokasu

譯註：原詩可作「人も居らず／栗跳ねて／猫を驚かす」。「人も居らず」（hito mo orazu），無人之處，「居らず」（orazu）意即沒有、沒在；「はねて」（跳ねて：hanete），彈跳、爆裂。

334

朴樹果實四處散落……
鄰家孩子最近卻
不來找我了

☆榎の實散る此頃うとし隣の子（1896）

e no mi chiru / konogoro utoshi / tonari no ko

譯註：原詩可作「榎の實散る／此頃疎し／隣の子」。「榎」(e)，朴樹、樸子樹；「此頃」(konogoro)，近來；「うとし」(疎し：utoshi)，疏遠。此詩散發幽幽的、節制的寂寞感，頗令人憫。鄰家孩子頗喜子規小庭園朴樹果實，本來經常來訪，但最近果實成熟掉落一地，小孩卻不來了。也許小孩的母親覺得子規是病人吧。

335

雖寒，
我們有酒和
溫泉

☆寒けれど酒もあり温泉もある處（1896）

samukeredo / sake mo ari yu mo / aru tokoro

譯註：原詩可作「寒けれど／酒も有り温泉も／有る處」。「寒けれど」(samukeredo)，雖寒——「けれど」(keredo)，雖然之意。此詩直譯大致為「雖寒，但乃有酒也有溫泉之地」。

336

　　庭園霜白，
　　紅果——
　　一顆也未掉落

☆赤き實の一つこぼれぬ霜の庭（1896）

akaki mi no / hitotsu koborenu / shimo no niwa

譯註：原詩可作「赤き實の／一つ零れぬ／霜の庭」。「こぼれぬ」（零れぬ：koborenu），沒掉落、未掉落，「ぬ」（nu）表示否定。

337

　　初冬陣雨降——
　　肚臍上
　　蒟蒻已冷

☆しぐるるや蒟蒻冷えて臍の上（1896）

shigururu ya / konnyaku hiete / heso no ue

譯註：原詩可作「時雨るるや／蒟蒻冷えて／臍の上」。此詩與下一首有前書「病中二句」，為子規於明治29年（1896）冬所作。將蒟蒻煮熱（替代熱水袋）敷於患部，是一種民間療法。此句謂初冬陣雨降時，置於肚上暖身的蒟蒻已變冷了。

338

　　入夜初冬陣雨
　　降，虛子料已在
　　上野即將到……

☆小夜時雨上野を虛子の來つつあらん（1896）
sayoshigure / ueno o kyoshi no / kitsutsu aran

譯註：此詩虛實交加，甚為動人。「小夜時雨」（sayoshigure，入夜初冬陣雨）降，是「寫生」實景，病中的子規盼高徒高濱虛子來訪，心頭焦切浮現虛子已走在離「子規庵」不遠的上野，腳步聲即將在門口響起之「虛」景。子規於虛子亦師亦友，子規請其任俳句雜誌《杜鵑》（ほととぎす）主編，兩人間深厚情誼由此詩可見。「来つつ」（kitsutsu），「正前來」之意，「つつ」表示動作正進行；「あらん」（aran）表示推測。

339

> 雪深幾許？
> 我一問再問
> 一問再問……

☆いくたびも雪の深さを尋ねけり（1896）
ikutabi mo / yuki no fukasa o / tazunekeri

譯註：原詩可作「幾度も／雪の深さを／尋ねけり」。「いくたび」（幾度：ikutabi）：好幾次、一次又一次；「尋ねけり」（tazunekeri），詢問、探詢。

340

> 啊，拉開紙門
> 讓我看一眼
> 上野山上的雪

☆障子明けよ上野の雪を一目見ん（1896）
shōji ake yo / ueno no yuki o / hitome min

譯註：「障子」（shōji），紙拉門；「明け」（ake），打開。

341

  狂雪漫捲
  南天竹,枝頭紅果
  閃,麻雀吱喳鳴⋯⋯

☆南天に雪吹きつけて雀鳴く（1896）

nanten ni / yuki fukitsukete / suzume naku

譯註:「南天」(nanten),又稱南天竹、南天燭或南燭,常綠灌木,冬季枝頭結滿鮮紅色小果實;「吹きつけて」(吹き付けて:fukitsukete),狂吹、吹襲。

342

  雪屋裡腦中
  所能及的,唯
  ──我臥於此

☆雪の家に寐て居ると思ふ許りにて（1896）

yuki no ie ni / nete iru to omou / bakari nite

譯註:「許り」(bakari),僅僅、唯。

343

　　從紙門

　　破孔，我看見

　　雪下了……

☆雪ふるよ障子の穴を見てあれば（1896）

yuki furu yo / shōji no ana o / mite areba

譯註：原詩可作「雪降るよ／障子の穴を／見てあれば」。「雪ふる」（雪降る：yuki furu），雪降：「障子」（shōji），紙拉門。

344

　　薄雪靜靜

　　落於

　　鴛鴦彩羽上……

☆鴛鴦の羽に薄雪つもる静さよ（1896）

oshi no ha ni / usuyuki tsumoru / shizukasayo

譯註：原詩可作「鴛鴦の羽に／薄雪積もる／靜さよ」。「つもる」（積もる：tsumoru），積、落。

345

    屋頂之上
    人們看火災──
    冬月寂寂

☆屋根の上に火事見る人や冬の月（1896）

yane no ue ni / kaji miru hito ya / fuyu no tsuki

譯註：「屋根」（yane），屋頂；「火事」（kaji），火災。

346

    被爐邊聽

    老奶奶，啊

    天花亂墜說故事

☆婆々さまの話上手なこたつ哉（1896）

babasama no / hanashi jōzuna / kotatsu kana

譯註：原詩可作「婆婆さまの／話上手な／炬燵哉」。「話」（hanashi），說話、故事；「上手な」（jōzuna），高明、擅長；「こたつ」（炬燵／火燵：kotatsu），被爐、暖爐。

347

　　古庭院月色中
　　把熱水袋水
　　倒空

☆古庭や月に湯婆の湯をこぼす（1896）

furuniwa ya / tsuki ni tanpo no / yu o kobosu

譯註：原詩可作「古庭や／月に湯婆の／湯を溢す」。「湯婆」（tanpo），熱水袋；「こほす」（溢す：kobosu），灑出、潑出、倒出。

348

　　恭賀新禧──
　　一月一日，日
　　昇大地！

☆恭賀新禧一月一日日野昇（1897）

kyōga shinki / ichigatsu tsuitachi / hi no noboru

譯註：此詩為正岡子規明治 30 年（1897）所寫的賀新年之作，全句皆用漢字。「野」（no），田地、田野；「昇」（昇る／上る：noboru），上升。

349
　　遇見有人
　　抬棺——大年初一
　　夜半時分

☆新年の棺に逢ひぬ夜中頃（1897）

shinnen no / hitsugi ni ainu / yonakagoro

譯註：「逢ひぬ」（ainu），遇見了；「夜中頃」（yonakagoro），夜半時分。

350

新春《杜鵑》出
初試啼聲
與黃鶯爭鳴

☆新年や鶯鳴いてほととぎす（1897）
shinnen ya / uguisu naite / hototogisu

譯註：原詩可作「新年や／鶯鳴いて／杜鵑」。明治 30 年（1897）1 月 15 日，正岡子規作為精神領袖的俳句雜誌《杜鵑》（ほととぎす）在松山創刊、發行。厚三十頁，印數 300 本。子規寫此俳句賀創刊號出刊。詩中「ほととぎす」（時鳥／杜鵑：hototogisu），既指《杜鵑》此本雜誌，亦指杜鵑鳥（或稱子規、布穀鳥）。但杜鵑鳥是夏季鳴禽，通常在五月至七月間出現，而鶯鳴則是常見的春季景象。所以，如果說「新春杜鵑出／初試啼聲／與黃鶯爭鳴」，就形成了一種季節混疊的魔幻趣味。

351

  一年之計在正月
  一生之計
  在今朝

☆一年は正月に一生は今に在り（1897）

ichinen wa / shōgatsu ni isshō wa / ima ni ari

譯註：「今」（ima），現在、此刻，譯文以「今朝」（眼前之意）替之。此詩或也可譯成「一年蘊於歲首，生命凝於當下」。

352

  響聲清澈——
  啊，約有
  十顆雪珠……

☆冴え返る音や霰の十粒程（1897）

saekaeru / oto ya arare no / totsubu hodo

譯註：「冴え返る」（saekaeru），清澈、鮮明；「霰」（arare），雪珠；「程」（hodo），大約、左右。

353

春日──
小村人們
閒閒無事

☆春の日の人何もせぬ小村哉（1897）

haru no hi ya / hito nanimo senu / komura kana

譯註：「何もせぬ」（nanimo senu），什麼也不做，「せぬ」（senu）表示否定──閒散無所事、悠哉游哉之意。

354

獨行，
獨樂──
悠閒哉

☆長閑さの独り往き独り面白き（1897）

nodokasa no / hitori yuki hitori / omoshiroki

譯註：「長閑さ」（nodokasa），悠閒、舒適；「面白き」（omoshiroki），有趣、愉快。

355

    朦朧月色中
    遠遠的，男女兩人
    之影……

☆朧月男女の影遠し（1897）
oborozuki / otoko onna no / kage tōshi

356

    春之海──
    大島小島
    燈火漾……

☆島々に灯をともしけり春の海（1897）
shimajima ni / hi o tomoshikeri / haru no umi

譯註：「ともしけり」（灯しけり：tomoshikeri），（燈火）點燃起來了。俳聖芭蕉 1689 年《奧之細道》途中經松島時寫有一俳句「夏之海浪盪：／大島小島／碎成千萬狀」（島々や千々に砕きて夏の海），可與本詩對照。

357

啊山茶花
墜落,一朵
兩朵……

☆一つ落ちて二つ落たる椿哉(1897)

hitotsu ochite / futatsu ochitaru / tsubaki kana

譯註:「椿」(tsubaki),山茶花。

358

夏夜短暫——
啊,我的餘生
還有多長?

☆余命いくばくかある夜短し(1897)

yomei / ikubakuka aru / yo mijikashi

譯註:此詩寫於明治30年(1897)6月,有前書「病中」。原詩可作「余命／幾許か有る／夜短し」。「余命」(yomei),餘命、餘生;「いくばくか」(幾許か:ikubakuka),幾多、多少;「ある」(有る:aru),有。

359

　　午後雷陣雨
　　灑向
　　陽光閃耀處

☆夕立や日のさす方へふって行く（1897）

yūdachi ya / hi no sasu hō e / futte yuku

譯註：原詩可作「夕立や／日の射す方へ／降って行く」。「夕立」（yudachi），午後雷陣雨；「さす」（射す／差す：sasu），照射、閃耀；「ふって行く」（降って行く：futte yuku），降往、灑向。此詩所寫殆為「日頭雨」——一面出太陽，一面又下雨。

360

　　看護婦睡著了，
　　醒來連忙
　　打蒼蠅……

☆看護婦やうたた寝さめて蠅を打つ（1897）

kangofu ya / utatane samete / hae o utsu

譯註：原詩可作「看護婦や／転寝醒めて／蠅を打つ」。「うたた寝」（転寝：utatane），假寐、打盹；「さめて」（醒めて：samete），醒來。

361

　　雷雨停，
　　一樹夕照
　　蟬鳴

☆雷晴れて一樹の夕日蟬の声（1897）

rai harete / ichiju no yūhi / semi no koe

譯註：「雷晴れて」（rai harete），雷雨過後天晴。

362

　　口唸阿彌陀佛，
　　腳底
　　被蚊子咬……

☆念仏や蚊にさされたる足の裏（1897）

nenbutsu ya / ka ni sasaretaru / ashi no ura

譯註：原詩可作「念仏や／蚊に刺されたる／足の裏」。「さされたる」（刺されたる：sasaretaru），被叮咬；「足の裏」（ashi no ura），腳底。

363

　　我倦欲眠

　　輕聲些

　　如果你打蒼蠅

☆眠らんとす汝静に蠅を打て（1897）

nemuran tosu / nanji shizuka ni / hae o ute

譯註：「眠らんとす」（nemuran tosu），正要睡覺、即將入眠——「とす」（tosu），「剛要」之意。此詩是明治 30 年（1897）正岡子規所寫「病中即時」三句之一。陳黎 1993 年《小宇宙：現代俳句一百首》中的第 2 首——「我倦欲眠／輕聲些／如果你打電動」，似乎偷抄子規此作。

364

　　紙門開著——

　　病中我得以

　　一睹薔薇

☆障子あけて病間あり薔薇を見る（1897）

shōji akete / yamai hima ari / bara o miru

譯註：原詩可作「障子開けて／病間あり／薔薇を見る」。「障子」（shōji），紙拉門；「あけて」（開けて／明けて：akete），打開；「病間」（病暇：yamai hima），病中閒空時。

252

365

恰似楊貴妃
睡醒之顏——
啊，牡丹花

☆楊貴妃の寝起顔なる牡丹哉（1897）

yōkihi no / neokigao naru / botan kana

譯註：原詩可作「楊貴妃の／寝起顔成る／牡丹哉」。「寝起顔」（neokigao），剛睡醒的容顏；「なる」（成る：naru），變成。此詩將晨間未全然綻放的牡丹之姿，比作「侍兒扶起嬌無力」的楊貴妃初醒時之慵懶嬌態。

366

月一輪
星無數
滿天綠……

☆月一輪星無数空緑なり（1897）

tsuki ichirin / hoshi musū sora / midori nari

譯註：原詩可作「月一輪／星無数空／緑也」。

367

  冬日荒涼──
  行過小村
  狗吠不停

☆冬されの小村を行けば犬吠ゆる（1897）

fuyuzare no / komura o yukeba / inu hoyuru

譯註：「冬され」即「冬ざれ」（fuyuzare），冬日荒涼時節。

368

  冬籠：
  無人來的根岸
  深處

☆人も來ぬ根岸の奥よ冬籠（1897）

hito mo konu / negishi no oku yo / fuyugomori

譯註：「人も來ぬ」（hito mo konu），無人來，「ぬ」（nu）表示否定；「冬籠」（fuyukomori），冬日閉居、幽居。子規的住所「子規庵」，在東京根岸地區。

369

　　傷感啊，
　　煙火結束後，一顆
　　流星飛過

☆淋しさや花火のあとを星の飛ぶ（1897）

sabishisa ya / hanabi no ato o / hoshi no tobu

譯註：原詩可作「淋しさや／花火の後を／星の飛ぶ」。「淋しさ」（寂しさ：sabishisa），寂寞、若有所失、傷感；「あと」（後：ato），之後。

370

　　你可以告訴大家
　　我吃柿子
　　也愛俳句

☆柿喰の俳句好みしと傳ふべし（1897）

kakikui no / haiku konomishi to / tsutaubeshi

譯註：此詩有前書「我死後」，讀之彷若墓誌銘。「傳ふべし」（伝うべし：tsutaubeshi），可以轉達、告知（大家）──「べし」（beshi），表示「可以」的助動詞。

371

　　啊供佛

　　剩餘的

　　十五顆柿子

☆御仏に供へあまりの柿十五（1897）

mihotoke ni / sonae amari ni / kaki jūgo

譯註：原詩可作「御仏に／供へ余りの／柿十五」。此詩有前書「愚庵送給我柿子」。天田愚庵（1854-1904）是比子規年長的歌人、攝影家，晚年為禪僧。他知道子規愛吃柿子，遣人送了十五顆給他，子規詼諧地回以三首俳句，此為其一。「あまり」（余り：amari），剩餘、剩下。

372

閱三千俳句：
啊，兩顆
柿子

☆三千の俳句を閲し柿二つ（1897）

sanzen no / haiku o kemishi / kaki futatsu

譯註：入「日本新聞社」工作的正岡子規，1893 年 2 月在報刊《日本》上闢了一個俳句專欄。1894 年 2 月，他擔任新創刊的《小日本》主編，7 月時《小日本》廢刊，他又回報刊《日本》。1897 年 1 月，松山俳句雜誌《杜鵑》創刊，也由子規負責選稿。以此首俳句所見，一次要看三千首，審稿量甚大。他嗜吃柿子，幸有兩顆柿子在旁，為其充電！

373

每日
連葡萄也不吃——
只喝藥水

☆毎日は葡萄も喰はず水藥（1897）

mainichi wa / budō mo kuwazu / mizugusuri

譯註：「喰はず」（kuwazu），「不吃」之意，「ず」（zu）是表示否定的助動詞；「水藥」（mizugusuri），藥水。

374

　　絲瓜──
　　不過就是
　　絲瓜……

☆へちまとは糸瓜のようなものならん（1897）

hechima towa / hechima no yōna / mono naran

譯註：原詩可作「糸瓜とは／糸瓜の様な／物ならん」。「へちま」（糸瓜：hechima），絲瓜；「とは」（towa），「所謂的」之意；「ような」（様な：yōna），像…那樣；「ならん」（naran），大概是、無非就是。此詩為子規31歲（1897年）之作。絲瓜在子規詩中是饒富意義的意象，他1902年9月所寫的三首辭世詩（見本書第497至499首）皆以之為題材。此處這首絲瓜詩頗無厘頭，讀起來像禪宗的問答！絲瓜就是絲瓜，不是仙丹妙藥──一如人就是人，不是神，不是仙……

375

　　我家小庭園
　　花花草草
　　雜亂植……

☆ごてごてと草花植し小庭哉（1897）
gotegote to / kusabana ueshi / koniwa kana

譯註：「ごてごて」（gotegote），雜亂、混亂。此詩寫於 1897 年秋天。一草一花一天地，對於「子規庵」小庭園，罹病臥床的正岡子規時有所感，每從所見的花草上感到天地的活力。1898 年春，他寫有一首題為「病中」的短歌，可以看到行動不便的詩人對世間萬物的敏感與渴望依然未減——

　　我庭
　　小草萌
　　綠芽，無限
　　天地
　　今將甦

☆我庭の小草萌えいでぬ限り無き天地今や甦るらし
waga niwa no / ogusa moe idenu / kagirinaki / ametsuchi ima ya / yomigaerurashi

376

等待虛子到來——
備妥了松蕈壽司
和酒二合

☆虛子を待つ松蕈鮓に酒二合（1897）

kyoshi o matsu / matsutakezushi ni / sake nigō

譯註：此詩有前書「碧梧桐先至」。河東碧梧桐與高濱虛子一樣是子規的高徒兼好友，子規邀他們到家用餐，先到的碧梧桐和子規一起等候虛子來到。「松蕈」（matsutake），又名松蘑、松傘蘑，生於松樹林中地上，香味濃鬱、營養價值高；「鮓」即壽司；「合」（gō）為容量單位，等於十分之一升。

377

時或發冷，
時或發癢，時或
想要友人到訪⋯⋯

☆寒からう痒からう人に逢ひたからう（1897）

samukarō / karukarō hito ni / aitakarō

譯註：此詩有前書「寄因天然痘入院的碧梧桐」。河東碧梧桐染天花（天然痘）之疾，子規乃寫此句慰問之。「からう」（karō），表示推測，「大概是⋯⋯吧」、「或⋯⋯吧」之意。

378

    北風呼呼──
    叫著要
    鍋燒麵呢

☆北風に鍋燒溫飩呼びかけたり（1897）

kitakaze ni / nabeyaki udon / yobikaketari

譯註：「溫飩」（饂飩：udon），烏龍麵；「呼びかけたり」（yobikaketari），呼喚著、呼叫著。

379

    在可插一兩朵花的
    法國小花瓶──
    啊，冬薔薇

☆フランスの一輪ざしや冬の薔薇（1897）

furansu no / ichirinzashi ya / fuyu no bara

譯註：「フランス」（furansu），即法蘭西（France），法國；「一輪ざし」（一輪插：ichirinzashi），可插一兩朵花的小花瓶。

380

  吃完年糕湯
  初夢吉兆,我
  全部忘光光

☆雜煮くふてよき初夢を忘れけり(1898)

zōni kūte / yoki hatsuyume o / wasurekeri

譯註:原詩可作「雜煮喰ふて／良き初夢を／忘れけり」。「雜煮」(zōni),新年吃的年糕湯;「くふて」(喰ふて:kūte),食後、吃完後;「よき」(良き:yoki),好、佳、吉祥的;「初夢」(hatsuyume),新年做的第一個夢,日本人認為象徵一整年的運勢。

381

  一個幼兒
  光著腳,把綠草地
  踩得更綠

☆幼子や青きを踏みし足の裏(1898)

osanago ya / aoki o fumishi / ashi no ura

譯註:「青きを踏みし」(aoki o fumishi),踏「青」,踩踏綠草地。

382

　　櫻葉餅──
　　啊,我尋找初夏
　　殘餘的櫻花⋯⋯

☆水無月の余花を尋ねて桜餅(1898)
minazuki no / yoka o tazunete / sakuramochi

譯註:「水無月」(minazuki),陰曆六月,陽曆七月,已入初夏;「桜餅」(櫻葉餅),用櫻花的葉子捲起來的豆沙餡糕點。此詩可視為終身未娶的正岡子規的一首戀歌。明治21年(1888)夏天,二十二歲的正岡子規從第一高等中學校預科畢業,寄宿於東京墨田區向島長命寺境內櫻餅屋「山本屋」二樓(子規名之為「月香樓」),嗜好甜食的子規據說怦然愛上了店主美貌的女兒阿陸(おろく)。有一說謂兩人相談甚歡,但9月本科開學後子規搬離月香樓入住本鄉區「常盤會」寄宿舍,此段戀情遂告終。另有一說謂子規的愛意未得佳人回報,遂閉於二樓屋中勤寫其以秋之七草為名,集漢文、漢詩、短歌、俳句、謠曲、地誌、小說於一帙的《七草集》。此詩寫於1898年夏天,或為三十二歲的子規對十年前那段逝水戀情的追憶。

383

　　有蜜蜂標記的
　　葡萄酒──啊，
　　滿滿一整頁廣告

☆葡萄酒の蜂の広告や一頁（1898）

budōshu no / hachi no kōkoku ya / ichipēji

譯註：「葡萄酒の蜂」（budōshu no hachi，有蜜蜂標記的葡萄酒），為子規當初嗜喝的一款葡萄酒。

384

　　五月梅雨，
　　在報社編輯部──
　　隻身一人

☆一人居る編輯局や五月雨（1898）

hitori iru / henshūkyoku ya / satsukiame

譯註：「居る」（iru），在、逗留；「編輯局」（henshūkyoku），編輯辦公室、編輯部。

385

　　因愛因恨？
　　把打死的蒼蠅
　　送給螞蟻……

☆愛憎は蠅打って蟻に与へけり（1898）

aizō wa / hae utte ari ni / ataekeri

譯註：「与へけり」（ataekeri），給予、送給了。

386

　　紫陽花──
　　雨後，神奇地
　　變紅色

☆紫陽花や赤に化けたる雨上り（1898）

ajisai ya / aka ni baketaru / ameagari

譯註：「化けたる」（baketaru），變化成；「雨上り」（ameagari），雨後。「七變化」的紫陽花，顏色會隨著雨水的變化而變化，從藍色變成紫色，然後變成紅色。

387

  葵花被半日的

  暴風雨

  毀得面貌全非

☆半日の嵐に折るる葵かな（1898）

hannichi no / arashi ni oruru / aoi kana

譯註：「嵐」（arashi），暴風雨；「折るる」（oruru），折斷、毀壞。

388

  夏草——

  打棒球的人

  遠在彼方……

☆夏草やベースボールの人遠し（1898）

natsukusa ya / bēsubōru no / hito tōshi

譯註：子規1898年此句再一次呼應芭蕉1689年名句（「夏草：／戰士們／夢之遺跡……」）——場域有異，但情境讓人同悲。夏草茂盛，戰士已死，而子規這位昔日充滿鬥志的野球少年，如今也因病困隱六尺床內，退離球場，只能遠遠地耳聽，或想像，新登場的少年戰士們的競技。「ベースボール」（bēsubōru），baseball，棒球。

389

　　颱風過後，

　　今晨，啊蟬

　　變少了

☆野分して蝉の少きあした哉（1898）

nowaki shite / semi no sukunaki / ashita kana

譯註：原詩可作「野分して／蝉の少き／朝哉」。「野分」（nowaki），狂風、颱風。「あした」（朝：ashita），早晨、第二天早上。

390

　　一邊滔滔不絕

　　說話，一邊急匆匆

　　往嘴裡塞毛豆……

☆話ながら枝豆をくふあせり哉（1898）

hanashi nagara / edamame o kū / aseri kana

譯註：原詩可作「話乍ら／枝豆を喰ふ／焦り哉」。「ながら」（乍ら：nagara），「一邊…一邊…」；「くふ」（喰ふ／食ふ：kū），吃；「あせり」（焦り：aseri），焦躁、心急。

267

391

　　芋已備妥

　　酒已備妥──啊

　　姍姍客來……

☆芋の用意酒の用意や人遲し（1898）

imo no yōi / sake no yōi ya / hito ososhi

譯註：「用意」（yōi），準備、備妥。

392

　　月色朦朧夜──

　　心生

　　偷西瓜之想……

☆薄月夜西瓜を盜む心あり（1898）

usuzukiyo / suika o nusumu / kokoro ari

譯註：「薄月」（usuzuki），朦朧月色；「あり」（有り／在り：ari），有、在。

393

　　朝雨，把
　　牽牛花
　　浸染成紫色

☆朝顔や紫しほる朝の雨（1898）

asagao ya / murasaki shiboru / asa no ame

譯註：原詩可作「朝顔や／紫絞る／朝の雨」。「朝顔」（asagao），朝顔花，即牽牛花；「しほる」即「しぼる」（絞る：shiboru），染出、絞染出。

394

　　牽牛花，顏色
　　現在已定格為──
　　深藍

☆この頃の蕣藍に定まりぬ（1898）

konogoro no / asagao ai ni / sadamarinu

譯註：原詩可作「此頃の／蕣藍に／定まりぬ」。「この頃」（此頃：konogoro），這段時期、現在；「蕣」（あさがお：asagao），即朝顔、牽牛花；「定まりぬ」（sadamarinu）已然確定、成形。

395

芭蕉忌日話芭蕉——
那些奉承芭蕉者
多粗鄙無識

☆芭蕉忌や芭蕉に媚びる人いやし（1898）

bashōki ya / bashō ni kobiru / hito iyashi

譯註：「俳聖」松尾芭蕉於元祿七年（1694）去世，其忌日為陰曆10月12日。子規此句寫於1898年，距芭蕉之逝已逾兩百年。子規熟讀芭蕉，但他看不慣芭蕉之後的俳人一味模仿、盲從芭蕉，而不知創新。在子規1893年動筆寫的長文《芭蕉雜談》中，他批評芭蕉詩作「玉石混淆」，說芭蕉所作千首俳句過半惡句、駄句（拙句），僅五分之一（二百餘首）屬佳作，寥若晨星。做為近世勇猛的俳句「革新」者，子規此種態度與說法可以讓人理解。「いやし」（卑し／賤し：iyashi），可鄙的、粗鄙的。

396

抱著一個
不冷不熱的熱水袋
自言自語

☆ひとり言ぬるき湯婆をかかえけり（1898）
hitorigoto / nuruki tanpo o / kakaekeri

譯註：原詩可作「独り言／温き湯婆を／抱えけり」。「ひとり言」（独り言：hitorigoto），自言自語；「ぬるき」（温き：nuruki），溫溫的、不涼不熱的；「湯婆」（tanpo），熱水袋；「かかえけり」（抱えけり：kakaekeri），抱著。

397

　　冬籠——
　　妻子已厭煩
　　雜燴粥……

☆雜炊のきらひな妻や冬籠（1898）
zōsui no / kiraina tsuma ya / fuyugomori

譯註：原詩可作「雜炊の／嫌いな妻や／冬籠」。「雜炊」（zōsui）：雜燴粥、菜粥；「きらひな」（嫌いな：kiraina），厭煩的、厭惡的。子規臥病在床，習於六尺之榻神遊古今。他終身未娶，無妻，似乎也無戀人，但頗喜歡「妻子」一詞，以「妻」入詩的俳句逾百首。此詩想像冬日積雪，困居在家（「冬籠」），不方便經常外出採買，「妻子」每天做、每天吃簡單的、以蔬菜、味噌、醬油、米飯等一鍋煮的「雜炊」已覺厭煩了。冬籠食單調，子規心疼「嬌妻」——我們可以想見覺得厭煩的應該是喜愛美食的子規自己吧。

398

冬籠──小鴨
已習慣
待在洗臉盆裡

☆冬籠盥になるる小鴨哉（1898）

fuyugomori / tarai ni naruru / kogamo kana

譯註：「冬籠」──冬日積雪苦寒閉居屋內，不得外出──讓「小」鴨真的成為已習慣以室內「小」臉盆為生活圈的「小」動物了。「盥」（tarai），水盆、臉盆；「なるる」（成るる：naruru），已成為、已能忍受。

399

新的年曆──
五月啊，將是
我的死日

☆初曆五月の中に死ぬ日あり（1899）

hatsugoyomi / gogatsu no naka ni / shinu hi ari

譯註：「初曆」（hatsugoyomi），新年第一次開始使用年曆；「あり」（有り／在り：ari），有矣、在矣，意指死日在五月之中。臥病在床的子規常常預感自己死期將盡。五月是草木茂盛的季節，面對大地如此充沛的活力，有時反而讓苟延殘喘的病者覺得不配或無力與之競爭。

273

400

雪景畫猶懸
春日壁,
雪色染塵埃

☆雪の絵を春も掛けたる埃哉（1899）

yuki no e o / haru mo kaketaru / hokori kana

譯註：此詩有前書「草庵」,為詩人對所住「子規庵」寫生之句。被痼疾所困的子規,晚年殆無餘力時時清掃陋室,塵埃如是深在焉。「雪の絵」（yuki no e）,雪景畫；「埃」（hokori）,塵埃。

401

一首關於春天的
好詩：
「作者無名氏」

☆詠人を知らさる春の秀歌哉（1899）

yomibito o / shirazaru haru no / shūka kana

譯註：「詠人を知らさる」,作者不知、作者未詳 ——「詠人」（yomibito）指詩歌作者,「知らさる」（shirazaru）意為「不為人知」。此詩應為子規讀《萬葉集》後有感而作。《萬葉集》4500 首歌作中約有一半是「無名氏」之作。

402

春寒——
書桌底下熱水袋
在焉！

☆春寒き机の下の湯婆哉（1899）

harusamuki / tsukue no shita no / tanpo kana

譯註：「机上」（tsukue），書桌、書案；「湯婆」（tanpo），熱水袋。

403

春雨——
撐著傘在繪草紙屋
翻閱插圖冊子

☆春雨や傘さして見る絵草紙屋（1899）

harusame ya / kasa sashite miru / ezōshiya

譯註：「さして」（差して：sashite），撐著；「絵草紙屋」（ezōshiya），販賣「繪草紙」之店——「繪草紙」（ezōshi）是始於江戶時代，配有許多插畫的通俗讀物或新聞小冊子，類似今日的雜誌。

404

　　櫻花盛開──
　　細雨中
　　遠足者約十人

☆遠足の十人ばかり花の雨（1899）

ensoku no / jūnin bakari / hana no ame

譯註：「ばかり」（許り：bakari），大約、左右；「花の雨」（hana no ame），花雨、花季的細雨，指櫻花盛開時下的細雨。

405

　　女兒節點燈──
　　偶影
　　一個接一個……

☆灯ともせば雛に影あり一つづつ（1899）

hi tomoseba / hina ni kage ari / hitotsuzutsu

譯註：「灯ともせば」（灯灯せば：hi tomoseba），點起燈時；「雛」（hina），偶人、人偶；「あり」（有り／在り：ari），在焉；「一つづつ」（hitotsuzutsu），逐一，一個一個地。日本「女兒節」在三月三日，亦稱「偶人節」。

406
　　女學生們牽著手
　　同行
　　看櫻花

☆女生徒の手を繋き行く花見哉（1899）
joseito no / te o tsunagi yuku / hanami kana

譯註：「女生徒」（joseito），女學生；「手を繫き」（te o tsunagi），牽著手。

407
　　「古池——
　　青蛙躍進……」
　　啊，好一幅俳畫！

☆古池に蛙とびこむ俳画哉（1899）
furuike ni / kawazu tobikomu / haiga kana

譯註：原詩可作「古池に／蛙飛びこむ／俳画哉」。「とびこむ」（飛びこむ／飛び込む：tobikomu），跳入、躍進；「俳画」（haiga），一種富俳諧趣味的日本畫，構圖簡單，畫面上題有俳句。正岡子規此詩頗妙，好像在幫俳聖芭蕉那首著名蛙俳「古池——／青蛙躍進：／水之音」（古池や蛙飛びこむ水の音）題字、框成俳畫。

408

　　兩手滿滿的蜆貝──
　　樂哉，趕快
　　呼朋引伴來分享！

☆手に満つる蜆うれしや友を呼ぶ（1899）

te ni mitsuru / shijimi ureshi ya / tomo o yobu

譯註：原詩可作「手に満つる／蜆嬉しや／友を呼ぶ」。「うれし」（嬉し：ureshi），高興、歡喜；「呼ぶ」（yobu），呼喚。

409

　　為把燈掛在
　　花枝上──
　　啊，花了多少工夫！

☆工夫して花にランプを吊しけり（1899）

kufū shite / hana ni rampu o / tsurushikeri

譯註：「ランプ」（rampu），英語 lamp，燈。

410

在門口納涼──
有人熟知
星星的名字……

☆星の名を善く知る人や門涼（1899）

hoshi no na o / yoku shiru hito ya / kadosuzumi

譯註：「門涼」（kadosuzumi），門前納涼。此詩或可譯成「深諳星圖客，門前共納涼」，或「門前納涼星光燦，有人深諳群星名」。

411

一匙
冰淇淋──全身
活起來！

☆一匙のアイスクリムや蘇る（1899）

hitosaji no / aisukurimu ya / yomigaeru

譯註：「アイスクリム」（aisukurimu），英語ice cream，冰淇淋；「蘇る」（yomigaeru），復甦、活起來。

412

　　杜鵑鳥鳴——
　　客廳壁龕裡
　　牡丹幽暗

☆床の間の牡丹の闇や時鳥（1899）

tokonoma no / botan no yami ya / hototogisu

譯註：「床の間」（tokonoma），客廳壁龕，通常用以擺放藝術品或花藝作品。

413

　　只謝落了
　　兩片——牡丹
　　整個變形……

☆二片散って牡丹の形変りけり（1899）

nihen chitte / botan no katachi / kawarikeri

譯註：「散って」（chitte），謝落、飄落；「変りけり」（kawarikeri），「已然改變」之意。

414

　　牡丹畫成──
　　畫碟裡
　　顏料殘存

☆牡丹画いて絵具は皿に残りけり（1899）

botan egaite / enogu wa sara ni / nokorikeri

譯註：「画いて」（egaite），畫成、畫好了；「絵具」（enogu），顏料。

415

　　新酒讓人爽醉，
　　毛巾包住雙頰
　　大聲罵馬……

☆馬叱る新酒の酔や頰冠（1899）

uma shikaru / shinshu no yoi ya / hōkamuri

譯註：「叱る」（shikaru），斥罵；「頰冠」（頰被：hōkamuri），用毛巾包住頭與兩頰，以抵禦寒風。

416

　　有了手杖——
　　我可以起身
　　賞萩花了

☆杖によりて立ち上りけり萩の花（1899）
tsue ni yorite / tachiagarikeri / hagi no hana

譯註：原詩可作「杖に依りて／立ち上りけり／萩の花」。此詩有前書「買了第一支手杖」。臥病多時、不良於行的子規，終可依賴手杖這第三隻腳，起身做些活動。「よりて」（因りて／依りて：yorite），憑藉、依賴；「立ち上り」（tachiagari），站起身來。

417

　　打開包東西的
　　方巾，滾出
　　好幾顆柿子……

☆風呂敷をほどけば柿のころげけり（1899）
furoshiki o / hodokeba kaki no / korogekeri

譯註：原詩可作「風呂敷を／解けば柿の／転げけり」。「風呂敷」（furushiki），用來包裹東西的大塊方巾；「ほどけば」（解けば：hodokeba），解開、打開時；「ころげけり」（転げけり：korogekeri），滾落出來。

418

　　寂寞的夜──
　　入住旅館房間後
　　吃柿子

☆宿取りて淋しき宵や柿を喰ふ（1899）

yado torite / sabishiki yoi ya / kaki o kū

譯註：「宿取りて」（yado torite），投宿、入住旅舍；「淋しき」（寂しき：sabishiki），寂寞。

419

　　沉屙若是──
　　我無法吞下
　　我愛吃的柿子！

☆我好の柿をくはれぬ病哉（1899）

waga suki no / kaki o kuwarenu / yamai kana

譯註：原詩可作「我好の／柿を喰はれぬ／病哉」。「好」（suki），喜好、喜愛；「くはれぬ」（喰はれぬ：kuwarenu），不能吃、無法吃。

420

　　牡丹花下
　　吃蘋果──我願
　　如是死！

☆林檎くふて牡丹の前に死なん哉（1899）

ringo kūte / botan no mae ni / shinan kana

譯註：原詩可作「林檎喰ふて／牡丹の前に／死なん哉」。「林檎」（ringo），蘋果；「くふて」（喰ふて：kūte），食後、吃了。日本十二世紀詩人西行法師（1118-1190）有著名辭世短歌──「願在春日／花下／死，／二月十五／月圓時」（願はくは花の下にて春死なむその如月の望月の頃），似可與子規去世三年前所寫之此句對照。

421

　　農家院中──
　　啊，十來株
　　雞冠花

☆鶏頭の十本ばかり百姓家（1899）

keitō no / juppon bakari / hyakushōya

譯註：「ばかり」（許り：bakari），左右、上下；「百姓家」（hyakushōya）：農家、農戶。

422
　　一隻野貓
　　在大便——
　　冬日庭園

☆のら猫の糞して居るや冬の庭（1899）

noraneko no / kusoshiteiru ya / fuyu no niwa

譯註：原詩可作「野良猫の／糞して居るや／冬の庭」。「のら猫」（野良猫：noraneko），野貓；「糞して居る」（kusoshiteiru），在排糞、在大便。

423

　　冬陽
　　越玻璃門入我
　　病室

☆ガラス越に冬の日あたる病間哉（1899）

garasu goshi ni / fuyu no hi ataru / byōma kana

譯註：此詩寫於1899年12月，子規的門生兼友人高濱虛子請人在子規病室與其庭院之間裝了玻璃的拉門。「ガラス」（硝子：garasu），荷蘭語glas，玻璃，玻璃門、玻璃窗；「冬の日」（fuyu no hi），冬日陽光；「あたる」（当たる：ataru），照射、落在；「病間」（byōma），病人的臥室、病室。1900年1月，子規另有一組由十三首短歌構成的「ガラス窓」（玻璃窗）連作，其第二首如下——

　　冬日陽光
　　穿過病室玻璃窗
　　照進來——
　　我的福壽草
　　開了花……

☆病み臥す閨のガラスの窓の内に冬の日射してさち草咲きぬ

yami koyasu / neya no garasu no / mado no uchi ni / fuyu no hi sashite / sachikusa sakinu

424

  樹籬外
  荒野上，他們在
  打棒球

☆生垣に外は枯野や球遊び（1899）

ikegaki ni / soto wa kareno ya / tama asobi

譯註：「生垣」（ikegaki），樹籬；「球遊び」（tama asobi），打球、打棒球。

425

  枯野——
  石頭三三兩兩
  散落

☆二つ三つ石ころげたる枯野哉（1899）

futatsu mittsu / ishi korogetaru / kareno kana

譯註：原詩可作「二つ三つ／石転げたる／枯野哉」。「ころげたる」（転げたる：korogetaru），滾動、散落。

426

縫綴白紙
成一冊,作我新年度
俳句本!

☆新年の白紙綴ちたる句帖哉(1900)
shinnen no / hakushi tojitaru / kuchō kana

譯註:「綴ちたる」(tojitaru),訂綴、縫綴;「句帖」(kuchō),俳句本子。

427

新年洗凝脂──
款款步出澡堂
啊,一美人

☆錢湯を出づる美人や松の内(1900)
sentō o / izuru bijin ya / matsunouchi

譯註:「錢湯」(sentō),公共澡堂;「松の内」(matsunouchi),新年期間,新年門前飾有松枝期間。

428

春雨——
推開後門進來,
啊,誰的傘?

☆春雨や裏戸明け来る傘は誰(1900)

harusame ya / urado akekuru / kasa wa tare

譯註:「裏戸」(urado),後門;「明け来る」(akekuru),門被打開,(有人)進來之意。

429

啊,肚子青青,
不知其名的
春天的小鳥!

☆名も知らぬ春の小鳥や腹青き(1900)

na mo shiranu / haru no kotori ya / hara aoki

譯註:「名も知らぬ」(na mo shiranu),不知名,「ぬ」(nu)表示否定。

430

　　病室懸
　　香袋——春之氣息
　　淡淡在

☆病床の匂袋や浅き春（1900）

byōshō no / nioibukuro ya / asaki haru

譯註：「匂袋」（nioibukuro），香囊、香袋；「浅き」（asaki），淺淺、淡淡。

431

　　春日——
　　久忘了的花盆裡，
　　花開了

☆忘れ居りし鉢に花さく春日哉（1900）

wasureorishi / hachi ni kana saku / haruhi kana

譯註：原詩可作「忘れ居りし／鉢に花咲く／春日哉」。「忘れ居りし」（wasureorishi），遺忘了的；「さく」（咲く：saku），綻放。

432

春日將盡——
啊，金絲雀
逃走了……

☆カナリヤは逃げて春の日くれにけり（1900）

kanariya wa / nigete haru no hi / kurenikeri

譯註：原詩可作「金糸雀は／逃げて春の日／暮れにけり」。「カナリヤ」（かなりや：kanariya），金絲雀；「くれにけり」（暮れにけり：kurenikeri），日暮、一日將盡。

433

蛙跳的方式頗
客觀——蛙鳴的方式
非常主觀！

☆客観の蛙飛んで主観の蛙鳴く（1900）

kyakkan no / kawazu tonde shukan no / kawazu naku

譯註：「飛んで」（tonde），跳起來、飛起來。

434

　　紫藤花

　　長長垂地──雨

　　很快將落……

☆藤の花長うして雨ふらんとす（1900）

fuji no hana / nagōshite ame / furan tosu

譯註：原詩可作「藤の花／長うして雨／降らんとす」。「ふらんとす」（降らんとす：furan tosu），即將降下。

435

　　奈良七大寺──

　　遠近都是

　　油菜花

☆菜の花やあちらこちらに七大寺（1900）

nanohana ya / achirakochira ni / shichidaiji

譯註：原詩可作「菜の花や／彼方此方に／七大寺」。「菜の花」（nanohana），油菜花；「彼方此方」（achirakochira），這裡那裡、到處；「七大寺」（shichidaiji），指日本奈良時代位在平城京（奈良）及其周邊受朝廷保護的七大寺，包括興福寺、東大寺、西大寺、藥師寺、元興寺、大安寺、法隆寺。

436

　　水稻秧田──啊，
　　　寫詩的短冊的矩形
　　　畫畫的色紙的方形

☆苗代や短冊形と色紙形（1900）
nawashiro ya / tanzakugata to / shikishigata

譯註：「苗代」（nawashiro），秧田；「短冊形」（tanzakugata），長方形、矩形；「色紙形」（shikishigata），正方形。俳聖芭蕉1694年有一首俳句「人間此世行旅：／如在一小塊／田地來回耕耙」（世を旅に代搔く小田の行き戻り）。芭蕉一生大半時間浪跡在外，一面旅行，一面寫詩，可說是以腳、以筆為鋤頭，大地稿紙上的耕作者。而子規在這首俳句裡，也期許、欣喜自己能在矩形，方形的「短冊」（長條詩箋）、「色紙」（彩色紙）上作詩、作畫筆耕，像農人在水田上插秧、耕作、收穫。

437

　　我因和歌、俳句

　　瘦──啊，一個

　　夏日消瘦男

☆和歌に瘦せ俳句に瘦せぬ夏男（1900）

waka ni yase / haiku ni yasenu / natsuotoko

譯註：此詩寫於明治33年（1900）夏。本年七月，子規脊椎骨疽惡化，仍堅忍於子規庵辦俳句會、短歌會與《萬葉集》輪講會。8月13日，生平第三度大咯血。之後，急速衰弱。子規為短歌、俳句革新，費心耗神，人消瘦。

438

　　薰風吹亮

　　千山綠，千山綠

　　中獨一寺

☆薰風や千山の綠寺一つ（1900）

kunpū ya / senzan no roku / tera hitotsu

譯註：「薰風」（kunpū），吹送綠葉之香的初夏之風，即和風、南風。

439

　　夏月當空——
　　兩萬人
　　無家可歸

☆家のなき人二万人夏の月（1900）

ie no naki / hito nimannin / natsu no tsuki

譯註：原詩可作「家の無き／人二万人／夏の月」。明治33年（1900）6月27日，富山高岡大火，六成多屋舍被燒毀，病床中的子規聞訊寫了此詩。

440

　　用桶子淋浴——
　　陋巷裡長排陋屋中
　　有美人住焉

☆行水や美人住みける裏長屋（1900）

gyōzui ya / bijin sumikeru / uranagaya

譯註：「行水」（gyōzui），用桶子裝水沖涼、沐浴；「裏長屋」（uranagaya），後巷裡簡陋的聯排木屋。

441

  畫薔薇──
  畫花容易
  畫葉難

☆薔薇を画く花は易く葉は難かりき（1900）

bara o kaku / hana wa yasashiku / ha wa katakariki

譯註：亦可照原詩漢字譯為「畫薔薇──／花易，／葉難也」。

442

  銀屏閃映
  漫爛銀──盛極
  將崩白牡丹

☆銀屏や崩れんとする白牡丹（1900）

ginbyō ya / kuzuren to suru / shirobotan

譯註：「銀屏」（ginbyō），銀色的屏風；「崩れんとする」（kuzuren to suru），即將崩潰。

443

　　狗吠叫
　　　鞋聲響——
　　　　長夜漫漫

☆犬の聲靴の音長き夜なりけり（1900）
inu no koe / kutsu no ne nagaki / yo narikeri

444

　　紅蘋果
　　　綠蘋果
　　　　——在桌上

☆赤き林檎青き林檎や卓の上（1900）
akaki ringo / aoki ringo ya / taku no ue

譯註：「林檎」（ringo），蘋果；「卓」（taku），桌、桌子。

445

　　雞冠花——
　　應該約莫
　　十四、五朵

☆鶏頭の十四五本もありぬべし（1900）

keitō no / jūshigohon mo / arinubeshi

譯註：此詩有前書「庭前」，是倡揚「寫生論」的子規名句，具有近世英美「意象主義」詩聚焦於一的簡潔、鮮明感。「ありぬべし」（有りぬべし：arinubeshi），應該有——「べし」（beshi），表示「應該」之意的助動詞。

446

芭蕉忌日懷芭蕉：
古池，青蛙
躍進——水之音

☆芭蕉忌や古池や蛙飛びこむ水の音（1900）
bashōki ya / furuike ya / kawazu tobikomu / mizu no oto

譯註：正岡子規此首二十二音節俳句非常有趣，直接把俳聖芭蕉1686年所寫那首最有名的「蛙俳」拼貼進詩裡——除了前面五音節（「芭蕉忌や」：bashōki ya），其餘一字不漏地把芭蕉十七音節原作抄錄進來。真是既復古又革新的「後現代」句作／巨作，歷久彌新的「水之音」，俳諧之音！「飛びこむ」（飛び込む：tobikomu），跳入、躍進。

447

十年苦學──
毛毯變
無毛……

☆十年の苦学毛の無き毛布哉（1900）
jūnen no / kugaku ke no naki / mōfu kana

譯註：子規長期臥居病榻苦讀、苦寫，十年下來，陪伴他的毛毯也跟著切磋琢磨，有毛磨成無毛……。「毛布」（mōfu），毛毯。

448

大年三十愚，
一夜跨年──
元旦，猶愚也！

☆大三十日愚なり元日猶愚也（1901）
ōmisoka / gu nari ganjitsu / nao gu nari

譯註：原詩可作「大三十日／愚也元日／猶愚也」。有前書「自題小照」，寫於明治34年（1901）元旦。此詩可與小林一茶1823年所寫底下此「新春自省詩」做比較──「一年又春天──／啊，愚上／又加愚」（春立や愚の上に又愚にかへる）。

449

　　春深滿是
　　蜜柑腐——我就愛
　　這一味！

☆春深く腐りし蜜柑好みけり（1901）
haru fukaku / kusarishi mikan / konomikeri

譯註：春夏之交，天氣漸熱，日日見柑橘腐。此詩寫於子規死前一年晚春，充滿異色、異味之美，實另類「惡之華」。海畔有逐臭之夫——在近生涯之末的病纏多年的詩人，以病態的官能美，對抗病，對抗死。

450

　　櫻葉餅與
　　草味年糕——平分了
　　春天的味覺

☆桜餅草餅春も半かな（1901）
sakuramochi / kusamochi haru mo / han kana

譯註：「草餅」（kusamochi），即艾糕，草味年糕。

451

　　雲雀派與
　　蛙派，在爭論
　　唱歌的方法……

☆雲雀派と蛙派と歌の議論かな（1901）
hibariha to / kaeruha to uta no / giron kana
譯註：「議論」（giron），爭論、爭辯。

452

　　五月雨──
　　青蛙跑到
　　榻榻米上來

☆五月雨や畳に上る青蛙（1901）
samidare ya / tatami ni agaru / aogaeru
譯註：「畳」（tatami），榻榻米；「上る」（agaru）：爬上、跑上。

453

　　五月雨連綿──
　　看膩了同樣的
　　上野山

☆五月雨や上野の山も見飽きたり（1901）

samidare ya / ueno no yama mo / miakitari

譯註：「見飽きたり」（miakitari），看膩了之意。

454

　　朝寒夜寒──
　　瘦骨
　　勤搓摩

☆瘦骨ヲサスル朝寒夜寒カナ（1901）

sōkotsu o / sasuru asasamu / yosamu kana

譯註：原詩可作「瘦骨を／摩る朝寒／夜寒哉」。「サスル」（さする／摩る／擦る：sasuru），摩、擦、搓。

455

夜涼如水——
銀河邊，星
一顆

☆夜涼如水天ノ川邊ノ星一ツ（1901）

yaryō mizunogotoshi / amanogawa e no / hoshi hitotsu

譯註：原詩可作「夜涼如水／天の川邊の／星一つ」。「天ノ川」（天の川：amanogawa），天河、銀河。

456

初五月當空——
夜黑吾妹
歸來何其遲呀

☆イモウトノ歸リ遲サヨ五日月（1901）

imōto no / kaeri oso sayo / itsukazuki

譯註：原詩可作「妹の／歸り遲小夜／五日月」。「イモウト」（いもうと／妹：imōto），妹妹；「サヨ」（さよ／小夜：sayo），夜晚；「五日月」（itsukazuki），陰曆五日的弦月。臥病難動彈的子規，生命最後幾年每須靠吃嗎啡止痛方能提筆寫作或畫畫，日常作息中對其妹正岡律依賴尤深。此詩寫於明治34年（1901）秋，正岡律外出辦事遲遲未返，子規忐忑不安，既憂其安危，又盼她早早回其身旁——她已然是子規的左右手、替身，子規無時無刻不能沒有她。

457

夜寒──
與母親二人等待
吾妹

☆母ト二人イモウトヲ待ツ夜寒カナ（1901）
haha to futari / imōto o matsu / yosamu kana

譯註：原詩可作「母と二人／妹を待つ／夜寒哉」。

458

病床
呻吟聲，秋蟬
唧唧和

☆病牀ノウメキニ和シテ秋の蝉（1901）
byōshō no / umeki ni washite / aki no semi

譯註：原詩可作「病牀の／呻きに和して／秋の蟬」。「ウメキ」（うめき／呻き：umeki），呻吟；「和シテ」（和して：washite），唱和、共鳴。

459

寒蟬急急唧唧鳴,
由夏入秋,盡是
法師蟬法師蟬法師蟬……

☆ツク丶丶ボーシツク丶丶ボーシバカリナリ（1901）
tsukutsukubōshi / tsukutsukubōshi / bakari nari

譯註：原詩可作「つくつく法師／つくつく法師／許り也」。此詩為正岡子規死前一年之作,寫於明治34年9月11日。「ツク丶丶ボーシ」（つくつくぼうし／つくつく法師：tsukutsukubōshi）即「法師蟬」（ほうしぜみ：houshizemi）,是蟬的一種,在夏末至秋季出現,因叫聲聽起來像「tsuku-tsuku-bōshi」而得此名,體形中等、細長,羽翼透明,頂端有黑褐色斑紋,又名寒蟬；「バカリナリ」（ばかりなり／許り也：bakari nari）,僅有、盡是之意。此詩生動描繪寒蟬死之前仍盡力、高聲鳴唱的悲壯之景。彷彿法師般誦經的音響,既像是讚美詩,也像是安魂曲、自度曲。

460

    一隻秋蚊
    虛弱地飛近
    咬我

☆秋の蚊のよろよろと來て人を刺す（1901）

aki no ka no / yoroyoro to kite / hito o sasu

譯註：「よろよろ」（yoroyoro），擬態語，形容蚊子因虛弱而搖搖晃晃。

461

    能吃柿子的日子
    我想只剩
    今年了

☆柿くふも今年ばかりと思ひけり（1901）

kaki kū mo / kotoshi bakari to / omoikeri

譯註：原詩可作「柿喰ふも／今年許りと／思ひけり」。「くふ」（喰ふ／食ふ：kū），吃；「ばかり」（許り：bakari），只、僅。

462

　　　牙齒用力咬
　　　熟柿——柿汁
　　　弄髒我鬍子

☆カブリツク熟柿ヤ髯ヲ汚シケリ（1901）

kaburitsuku / jukushi ya hige o / yogoshikeri

譯註：原詩可作「齧り付く／熟柿や髯を／汚しけり」。「カブリツク」（かぶりつく／齧り付く：kaburitsuku），用力咬；「髯」（hige），髭、鬍子。

463

　　　栗子飯——
　　　啊，病人如我
　　　依然食量超大

☆栗飯ヤ病人ナガラ大食ヒ（1901）

kurimeshi ya / byōnin nagara / ōkurai

譯註：原詩可作「栗飯や／病人乍ら／大食ひ」。「ナガラ」（ながら／乍ら：nagara），儘管……依然。

464

> 病榻上，三色
> 棉線縫成的錢包
> 彷彿如錦秋色

☆病牀ノ財布モ秋ノ錦カナ（1901）
byōshō no / saifu mo aki no / nishiki kana

譯註：原詩可作「病牀の／財布も秋の／錦哉」。「財布」（saifu），錢袋、錢包；「錦」（nishiki），織錦、錦緞。子規病榻上有以一紅黃綠三色棉線縫成的錢包，從屋頂垂懸而下。錢包裡有虛子借給他的錢，想到可以用這些錢訂購好吃的料理，與母親和妹妹共用口福，子規就心滿意足，覺得這可愛的錢包彷彿紅葉斑斕的如錦秋色了。

465

> 青毛豆，啊
> 三寸外
> 直飛入我口

☆枝豆ヤ三寸飛ンデロニ入ル（1901）
edamame ya / sanzun tonde / kuchi ni iru

譯註：原詩可作「枝豆や／三寸飛んで／口に入る」。「枝豆」（edamame），青毛豆；「飛ンデ」（飛んで：tonde），飛起來。與謝蕪村1777年也有首「飲食田徑賽」的俳句——「仰迎涼粉／入我肚，恍似／銀河三千尺……」（心太逆しまに銀河三千尺）。

466

夜半有聲——
夕顏果實落
讓人驚

☆驚クヤ夕顏落チシ夜半ノ音（1901）
odoroku ya / yūgao ochishi / yowa no oto

譯註：原詩可作「驚くや／夕顏落ちし／夜半の音」。「夕顏」（yūgao），葫蘆科蔓性一年生草本，夏季開白花，秋季果實成為葫蘆。

467

成佛、仙去——
啊,夕顏之顏,
絲瓜的屁!

☆成佛ヤ夕顏ノ顏ヘチマノ屁(1901)

jōbutsu ya / yūgao no kao / hechima no he

譯註:原詩可作「成佛や/夕顏の顏/糸瓜の屁」。「成佛」(jōbutsu),仙去、死去之謂。正岡子規的小庭園在1901年搭建了絲瓜棚種絲瓜,於開花或花謝結子前,取瓜藤中之汁液(稱為「絲瓜水」或「絲瓜露」)為藥用。絲瓜水據說有清涼降火之效,可止咳化痰。子規此句玩文字拆解遊戲,讀來有點像無厘頭的禪宗公案問答——「夕顏ノ顏ヘチマノ屁」(yūgao no kao / hechima no he:夕顏之顏/絲瓜的屁)——日文絲瓜音「へちま」(hechima),而「へ」(he)與日文「屁」(he)同音。此詩旨意大約是——死亡在即,藥也沒「屁用」,一如夕顏之顏,絲瓜的屁!此首「絲瓜詩」可與本書第497、498、499等三首詩合看。

468

　　秋燈
　　映在絲瓜
　　屁股上

☆秋ノ灯ノ糸瓜ノ尻ニ映リケリ（1901）

aki no hi no / hechima no shiri ni / utsurikeri

譯註：原詩可作「秋の灯の／糸瓜の尻に／映りけり」。「尻」，屁股、尾端。

469

夕顏與

絲瓜：殘暑

共新涼

☆夕顏ト糸瓜殘暑ト新涼と（1901）
yūgao to / hechima zansho to / shinryō to

譯註：寫於明治34年9月、收錄於子規《仰臥漫錄》的這首詩頗妙，將一個晚夏「季語」（夕顏）與三個初秋「季語」（絲瓜、殘暑、新涼）共八個漢字，並置於一首俳句中，並且除了這八個漢字，只有相當於中文「和」的三個日文假名「ト／と」（音to）。夕顏，夏季開白花，秋季結果實（「夕顏の実」是秋之季語）。殘暑，亦稱秋老虎或秋熱，指入秋後猶存的暑熱。新涼，指初秋之涼。我們不知道夏秋之交的子規病室外棚架上，絲瓜之外，此際是開著白色的夕顏花，或者垂著淺綠色的果實？或者——「並置」：夕顏與絲瓜，殘暑與新涼，剩餘的「熱（烈）」與出發中的「熟（爛）」。

470

有雞冠花

有絲瓜——寒舍

怎會貧寒?

☆鶏頭ヤ糸瓜ヤ庵ハ貧ナラズ（1901）

keitō ya / hechima ya an wa / hin narazu

譯註：「貧ナラズ」（貧ならず／貧成らず：hin narazu），不貧、不覺得貧，「ず」（zu）表示否定。

471

玄妙《碧巖集》

依然未能解——啊，

我滿肚子年糕湯……

☆解しかぬる碧巖集や雜煮腹（1902）

kaishikanuru / hekiganshū ya / zōnibara

譯註：「解しかぬる」（kaishikanuru），未能理解、難以參透；「碧巖集」（hekiganshū），又稱《碧巖錄》或《佛果圜悟禪師碧巖錄》，佛教禪宗語錄，由南宋圜悟克勤禪師（1063-1135）編成，共十卷，收集了著名禪宗公案，並加上圜悟禪師的評唱；「雜煮腹」（zōnibara），謂肚子裡吃了過多「雜煮」（zōni，年糕湯），腦筋似乎變鈍了……。

472

啊，終日作畫
作詩，作
惜愛春光人！

☆春惜む一日画をかき詩を作る（1902）
haruoshimu / hitohi e o kaki / shi o tsukuru

譯註：「一日」（hitohi），整天、終日；「かき」（描き／書き：kaki），畫、作。

473

牽牛花——啊，
試著要畫下它們時
就枯萎了

☆朝顔ヤ繪ニカクウチニ萎レケリ（1902）
asagao ya / e ni kaku uchi ni / shiorekeri

譯註：原詩可作「朝顏や／繪に描く内に／萎れけり」。「カク」（かく／描く／書く：kaku），畫下；「ウチ」（うち／內：uchi），時候、期間。

474

　　剃掉鬍鬚吧！
　　今日上野鐘聲
　　被霧遮掩了……

☆鬚剃ルヤ上野ノ鐘ノ霞ム日ニ（1902）

hige soru ya / ueno no kane no / kasumu hi ni

譯註：原詩可作「鬚剃るや／上野の鐘の／霞む日に」。「上野の鐘」（ueno no kane），指上野寬永寺的鐘聲。

475

　　春夜打盹——
　　淺夢
　　牡丹亭

☆うたた寝に春の夜浅し牡丹亭（1902）

utatane ni / haru no yo asashi / botantei

譯註：「うたた寝」（転寝：utatane），假寐、打盹。《牡丹亭》，原名《還魂記》，明代劇作家湯顯祖代表作，寫成於1598年，描寫大家閨秀杜麗娘夢中邂逅一書生，醒後因思念夢中情郎鬱鬱而死，後還魂與書生柳夢梅相遇、結褵。為明代「四大傳奇」之一。

476

母親外出
賞櫻：我留守在家
不時看鐘

☆たらちねの花見の留守や時計見る（1902）

tarachine no / hanami no rusu ya / tokei miru

譯註：「たらちね」（垂乳根：tarachine），母親之意；「時計」（tokei），時鐘。此詩大約寫於1902年4月，子規死前五個月。臥病的子規平日多由妹妹律與母親八重照料。子規弟子河東碧梧桐趁櫻花仍未謝，帶八重（與律）外出賞花散心，子規在家忐忑牽掛，頻頻看鐘。

477

從榻榻米上，我
伸手捏起
紅梅的落花

☆紅梅の落花をつまむ畳哉（1902）

kōbai no / rakka o tsumamu / tatami kana

譯註：原詩可作「紅梅の／落花を撮む／畳哉」。「つまむ」（撮む：tsumamu），捏起、抓起；「畳」（tatami），榻榻米。

317

478

　　紅梅──
　　寂寞地散落
　　我枕邊

☆紅梅の散りぬ淋しき枕元（1902）

kōbai no / chirinu sabishiki / makuramoto

譯註：「淋しき」（寂しき：sabishiki），寂寞；「枕元」（makuramoto），枕邊。

479

　　來看櫻花，
　　錢被扒──
　　真是鄉下人！

☆花に来て銭掏られけり田舎人（1902）

hana ni kite / zeni surarekeri / inakabito

譯註：「掏られけり」（surarekeri），被扒竊了；「田舎人」（inakabito），鄉下人。

480

　　一顆棒球

　　滾過

　　蒲公英花叢……

☆蒲公英ヤボールコロゲテ通リケリ（1902）

tanpopo ya / bōru korogete / tōrikeri

譯註：原詩可作「蒲公英や／ボール転げて／通りけり」。「ボール」（bōru），英語ball，球、棒球；「コロゲテ」（ころげて／転げて：korogete），滾動；「通リケリ」（通りけり／tōrikeri），通過、經過。

481

　　忽聞剪刀

　　剪薔薇，梅雨季裡

　　天遇晴！

☆薔薇を剪る鋏刀の音や五月晴（1902）

bara o kiru / hasami no oto ya / satsukibare

譯註：「鋏刀」（hasami），剪刀；「五月晴」（satsukibare），梅雨季節裡的晴天。

482

　　一個旅人行過
　　夏日原野
　　身揹天狗面具

☆夏野行ク人や天狗ノ面ヲ負フ（1902）

natsuno yuku / hito ya tengu no / men o ou

譯註：原詩可作「夏野行く／人や天狗の／面を負う」。「天狗」（tengu），傳說中住在深山，具有飛天神力的高鼻子怪物；「面」（men），面具。

483

　　蝸牛把頭也
　　抬起來時──
　　看起來像我

☆蝸牛の頭もたけしにも似たり（1902）

dedemushi no / kashira motageshi / nimo nitari

譯註：「もたけし」即「もたげし」（擡げし：motageshi），抬起來；「にも」（nimo），也、同樣。子規或明白自己非所謂的「帥哥」，在此處借蝸牛留下一張自己的「快照」。

484

啊,已然是
栽埋牡丹的
一抔土

☆土一塊牡丹いけたる其下に(1902)
tsuchi ikkai / botan iketaru / sonoshita ni

譯註:此詩寫於明治35年(1902)5月。子規門生香取秀真(1874-1954)為子規塑了一石膏像,置於子規家中牡丹花瓶旁。為病所苦、自認死期已近的子規在石膏像背面題了此詩。石膏像用土塑成,臥病難動、雖生猶死的子規,覺得自己早已是「土一塊」,一抔土了。「いけたる」(埋けたる/活ける:iketaru),有「埋」與「栽」兩意。

485

啊,它們
五百年長青,沒有
淪為柱子

☆柱ニモナラデ茂リヌ五百年(1902)
hashira nimo / narade shigerinu / gohyakunen

譯註:原詩可作「柱にも/成らで茂りぬ/五百年」。「ナラデ」(ならで/成らで:narade),沒有變成,「で」(de)是表示否定的接續助詞。此詩歌頌松、柏等樹之數百年長青且未受伐。寫此詩時正好是子規生命最後一年。

486

比起南瓜，
茄子寫生
尤難……

☆南瓜より茄子むつかしき写生哉（1902）

kabocha yori / nasu mutsukashiki / shasei kana

譯註：原詩可作「南瓜より／茄子む難しき／写生哉」。「南瓜より」（kabocha yori），與南瓜相比；「むつかしき」（難しき：mutsukashiki），難、困難；「写生」（shasei），謂速寫、素描，描繪所見實物、實景。子規亦擅寫生畫。在生命最後一年（1902），以水彩繪有十八幅果菜圖，名《果物帖》，以及十七幅花草圖，名《草花帖》。

487

入秋了，
日課
是畫草花

☆草花を畫く日課や秋に入る（1902）

kusabana o / egaku nikka ya / aki ni iru

譯註：「日課」（nikka），日課，每日必做之事。

488

　　我感覺
　　露珠滴落在病床上的
　　我身上……

☆病床の我に露ちる思ひあり（1902）

byōshō no / ware ni tsuyu chiru / omoi ari

譯註：原詩可作「病床の／我に露散る／思ひあり」。此詩有前書「從丁堂和尚處得到『南岳草花畫卷』，朝夕翻閱不離手」（參閱下一首譯詩譯註）。這首詩寫於 1902 年 8 月 21 日，子規過世前 29 天。愛草木又愛繪畫的子規得此夢寐以求畫卷，感覺一滴美麗的露珠從天而降，病床上的他此際也成為一株受露水滋潤的花。「ちる」（散る：chiru），滴落；「思ひ」（思い：omoi），思緒、感覺；「あり」（有り／在り：ari），有、存在。

489

戀秋茄子般──
啊，臥病之人
垂暮之戀……

☆病む人が老いての戀や秋茄子（1902）
yamu hito ga / oite no koi ya / akinasubi

譯註：此詩有前書「對於意外之戀的失望」。明治35年（1902）8月20日，子規臨終前一個月，門人鈴木芒生、伊藤牛步到子規庵探望子規，帶來同為門人的皆川丁堂和尚收藏的渡邊南岳（1767-1813）所繪《四季草花畫卷》。子規看了甚為動心，希望和尚能將此繪卷轉讓給他，但未能如願。芒生、牛步見子規如此堅愛此繪卷，當日將其暫留子規處。子規8月22日在隨筆《病床六尺》裡寫了一篇關於此事的戀愛故事。子規說他愛的姑娘名為「南岳草花畫卷」（「嬢さんの名は南岳艸花画卷」）。美好的美術品如美人。子規對之戀戀、念念不忘，一如他對入秋後味道絕佳的秋茄子的深切渴望。

490

伸長脖子，偶爾
得見──庭中
萩花

☆首あげて折々見るや庭の萩（1902）

kubi agete / oriori miru ya / niwa no hagi

譯註：此詩寫於明治35年（1902）秋，有前書「臥病十年」。「首あげて」（頭挙げて：kubi agete），舉頭、伸長脖子；「折々」（oriori），有時、偶爾。

491

桃太郎從桃子
生出來──
金太郎呢？

☆桃太郎は桃金太郎は何からぞ（1902）

momotarō wa / momo kintarō wa / nani kara zo

譯註：此詩是正岡子規生命最後一年充滿童趣的自問自答，智利詩人聶魯達（1904-1973）晚年小詩集《疑問集》（*El libro de las preguntas*）似的妙句。桃太郎，金太郎，都是日本民間傳說中的傳奇人物。關於金太郎，可參閱本書第48首。「何」（nani），什麼、何；「から」（kara），從。

492

圓肥如桃子，
可愛
眼、口、鼻

☆桃の如く肥えて可愛や目口鼻（1902）

momo no shiku / koete kawai ya / me kuchi hana

譯註：此詩有前書「千里女子寫真」。千里，地名，在今福島縣。寫真即照片、照相之意。「如く」（shiku），如同。

493

一種臨界黑的
深紫色——
這些葡萄

☆黒キマデニ紫深キ葡萄カナ（1902）

kuroki madeni / murasaki fukaki / budō kana

譯註：原詩可作「黒き迄に／紫深き／葡萄哉」。「黒き迄に」（kuroki madeni），快到黑的程度。此詩與前一首詩，彷彿兩幅形、色畢現的寫生小品畫。

494

　　時入小寒――
　　吃過藥後
　　有蜜柑可吃！

☆藥のむあとの蜜柑や寒の内（1902）
kusuri nomu / ato no mikan ya / kannouchi

譯註：原詩可作「藥飲む／後の蜜柑や／寒の内」。「のむ」（飲む：nomu），喝、吃；「あと」（後：ato），之後；「蜜柑」（mikan），亦稱柑橘；「寒の内」（kannouchi），又稱「寒中」（kanchū），指從「小寒」開始至「大寒」結束之間約三十日，乃嚴寒之日。

495

　　陰曆十月小陽春――
　　裹著毛毯
　　買毛毯

☆毛布著て毛布買ひ居る小春かな（1902）
mōfu kite / mōfu kaiiru / koharu kana

譯註：「毛布」（mōfu），毛毯；「著」（kite），披著、裹著；「居る」（iru），表示動作的進行，「正在」之意；「小春」（koharu），即陰曆十月小陽春。此詩為子規去世前不久之作。初冬日暖彷若小陽春，但體衰至極的子規，身心卻冷感難卻。

496

　　山茶花樹籬
　　──籬內
　　也是山茶花

☆山茶花の垣の内にも山茶花や（1902）

sazanka no / kaki no uchi nimo / sazanka ya

譯註：「にも」（nimo），也、同樣。

497

　　絲瓜花已開，
　　痰塞肺中
　　我成佛去矣

☆糸瓜咲て痰のつまりし佛かな（1902）

hechima saite / tan no tsumarishi / hotoke kana

譯註：原詩可作「糸瓜咲て／痰の詰まりし／佛哉」。「咲て」（咲いて：saite），花開；「つまりし」（詰まりし：tsumarishi），堵塞；「佛」（hotoke），即成佛、死去之謂。此處所譯第497、498、499等三首俳句，為子規於明治35年（1902）9月18日午前十一時許親筆所寫的辭世詩，由其妹律與弟子河東碧梧桐在旁攪扶、幫助寫成。開花前的絲瓜，其藤中汁液可取為具止咳化痰之效的「絲瓜水」。今花已開，豈非無藥可救，命將絕也？

498

 痰一斗——
 絲瓜水
 也難清

☆痰一斗糸瓜の水も間にあはず（1902）

tan itto / hechima no mizu mo / maniawazu

譯註：原詩可作「痰一斗／糸瓜の水も／間に合わず」。「間にあはず」（間に合わず：maniawazu），來不及、對付不了、難起作用之意，「ず」（zu）為否定的助動詞。

499

前日圓月
絲瓜水
亦未取

☆をととひのへちまの水も取らざりき（1902）

ototoi no / hechima no mizu mo / torazariki

譯註：原詩可作「一昨日の／糸瓜の水も／取らざりき」。「をととひ」（おととい／一昨日：ototoi），前天；「取らざりき」（torazariki），未取之意——「ざり」（zari）表示否定。據說在月圓之夜所取的「絲瓜水」最具療效，但兩日之前（西元 1902 年 9 月 16 日，恰為陰曆 8 月 15 日），子規家人並未取之。是病入膏肓，藥石／藥水已無效？或者子規自己已超越生死？1902 年 9 月 18 日上午寫完此絕筆俳句後，子規即陷於昏睡中，終於 19 日午前一時左右逝世，享年三十六——生命最後七年都以床鋪為書齋的子規，一生實際活了三十四年又十一個月。子規的忌日（9 月 19 日）後來被稱為「絲瓜忌」。

500

熱斃了！
但我只能繼續
求生

☆生きてをらんならんといふもあつい事（年代不明）
ikite oran / naran to iu mo / atsui koto

譯註：原詩可作「生きてをらん／ならんと言ふも／熱い事」。「あつい事」（熱い事：atsui koto），意即太熱了、熱斃了！此詩寫作年代不明，為子規未結集的殘句。他 1897 年另有一寫暑熱難耐之句，或可與此句對照閱讀──「熱斃了！／有一刻曾想著／就此一死吧……」（この熱さある時死ねと思ひけり：kono atsusa / aru toki shine to / omoikeri）。

陳黎、張芬齡中譯和歌俳句書目

《亂髮：短歌三百首》。台灣印刻出版公司，2014。

《胭脂用盡時，桃花就開了：與謝野晶子短歌集》。湖南文藝出版社，2018。

《一茶三百句：小林一茶經典俳句選》。台灣商務印書館，2018。

《這世界如露水般短暫：小林一茶俳句300》。北京聯合出版公司，2019。

《但願呼我的名為旅人：松尾芭蕉俳句300》。北京聯合出版公司，2019。

《夕顏：日本短歌400》。北京聯合出版公司，2019。

《春之海終日悠哉游哉：與謝蕪村俳句300》。北京聯合出版公司，2019。

《古今和歌集300》。北京聯合出版公司，2020。

《芭蕉・蕪村・一茶：俳句三聖新譯300》。北京聯合出版公司，2020。

《牽牛花浮世無籬笆：千代尼俳句250》。北京聯合出版公司，2020。

《巨大的謎：特朗斯特羅姆短詩俳句集》。北京聯合出版公司，2020。

《我去你留兩秋天：正岡子規俳句400》。北京聯合出版公司，2021。

《天上大風：良寬俳句・和歌・漢詩400》。北京聯合出版公司，2021。

《萬葉集365》。北京聯合出版公司，2022。

《微物的情歌：塔布拉答俳句與圖象詩集》。台灣黑體文化，2022。

《萬葉集：369首日本國民心靈的不朽和歌》。台灣黑體文化，2023。

《古今和歌集：300首四季與愛戀交織的唯美和歌》。台灣黑體文化，2023。

《變成一個小孩吧：小林一茶俳句365首》。陝西師大出版社，2023。

《致光之君：日本六女歌仙短歌300首》。台灣黑體文化，2024。

《願在春日花下死：西行短歌300首》。台灣黑體文化，2024。

《此身放浪似竹齋：松尾芭蕉俳句450首》。台灣黑體文化，2024。

《我亦見過了月：千代尼俳句300首》。台灣黑體文化，2024。

《四海浪擊秋津島：與謝蕪村俳句475首》。台灣黑體文化，2024。
《星羅萬象一茶味：小林一茶俳句500首》。台灣黑體文化，2025。
《天上大風：良寬俳句・和歌・漢詩500首》。台灣黑體文化，2025。
《夏月流銀：正岡子規俳句500首》。台灣黑體文化，2025。

國家圖書館出版品預行編目(CIP)資料

夏月流銀:正岡子規俳句500首/正岡子規著;陳黎,張芬齡譯.-- 初版.-- 新北市:黑體文化出版:遠足文化事業股份有限公司發行,2025.08
　面;　公分.--（白盒子;17）
ISBN 978-626-7705-57-5（平裝）

861.523

11401002

特別聲明:
有關本書中的言論內容,不代表本公司／出版集團的立場及意見,由作者自行承擔文責

黑體文化

讀者回函

白盒子17
夏月流銀:正岡子規俳句500首

作者・正岡子規｜譯者・陳黎、張芬齡｜責任編輯・張智琦｜封面設計・許晉維｜出版・黑體文化／左岸文化事業有限公司｜總編輯・龍傑娣｜發行・遠足文化事業股份有限公司（讀書共和國出版集團）｜電話・02-2218-1417｜傳真・02-2218-8057｜客服專線・0800-221-029｜讀書共和國客服信箱 service@bookrep.com.tw｜官方網站・http://www.bookrep.com.tw｜法律顧問・華洋法律事務所・蘇文生律師｜印刷・中原造像股份有限公司｜排版・菩薩蠻數位文化有限公司｜初版・2025年8月｜定價・380｜ISBN・9786267705575｜EISBN・9786267705537（PDF）・9786267705520（EPUB）｜書號・2WWB0017

版權所有・翻印必究｜本書如有缺頁、破損、裝訂錯誤,請寄回更換